要有多坚强，才敢念念不忘

闫丹丹／主编

民主与建设出版社

引　文

对一个人的冲动在15天左右，
如果过了这个时间还没有追到，
那份冲动就会减少，甚至消失；

对一个人的回忆在120天左右，
如果过了这个时间还是对那个人念念不忘，
那么他是你深爱过的人。

忘记一个人需要7年，
不管有多么深刻的伤痛，只需要7年都会痊愈。

因为7年的时间可以把我们全身的细胞都更换掉，一个旧细胞都没了，每一天的坚持都是进步，每过一天，那些想念你的细胞就会死掉一些，总有一天，会变得焕然一新。

那么，15天你爱上了谁？120天你在回忆谁？7年你忘记了谁？

前　言

总有一个人，让你忽然泪如雨下

活在这个世界上，每个人心中都是有故事的。那些藏在心底最深处的隐秘，会在某一瞬间敲打我们的神经，突然的一首歌、一场电影、一件旧物、一句话……过去就像一场黑白电影在你脑海里重放，你想微笑回忆，却忍不住流泪……

世界这么小，不知道下一秒会遇见谁。世界这么大，只是一个转身，就再也找不到彼此的痕迹。想见你，却再也见不到你，那些曾经一起走过的路、做过的事，就这样飘落成岁月的尘埃。曾经的海誓山盟，是如此不堪一击，世界未曾改变，岁月还未苍老，爱情却已散场。此后，谁是你心里念念不忘的伤?

1. 我有收藏火车票的习惯，从我第一次出远门一直到现在，所有火车票我都收藏着，我要记录所有自己走过的路，每张火车票后面都会写一两句当时内心想说的话。那天收拾行李，打开了收藏火车票的盒子，翻着翻着就看到了好多张去你那个城市的车票。日期是几年前了，看着上面写着“老公过生日，我要给他惊喜”这样的话，我忍不住就哭了。

2. 你离开我的时候是突然消失的，你说你去当兵了，让我别再等你。大概有一年的时间，我走在大街上，每当看见瘦瘦的背影、留着平头、背着包的男生，我都会觉得像你。

3. 和你分手大概有三年了，我身边也已经有了爱的人，很多时候我已经把你放在了某个遗忘的角落将其封锁起来了。那天在上班途中过十字路口的时候，猛然发现对面的人潮里竟然有一个和你长得很像的人。我就一直愣在那儿看着那个人，心里忍不住泛酸，原来有些人是藏在岁月深处的。

4. 周末与朋友一起去吃烧烤，我特意嘱咐服务生调料里不要加葱花和香菜，然后自嘲地笑笑，这是你的习惯，不是我的。

5. 一个人无聊，在家看电视，专注体育频道，看了快一个小时，也不记得都看了什么内容。没有你抢遥控器，吵着要换台；没有你耍赖地将身体遮在电视机前笑嘻嘻地挡住我的视线。

6. 深夜被噩梦惊醒，习惯地要去抱你，伸出胳膊却搂空了。原来你已经离开我很久了，我还是没有习惯没有你的生活。

7. 失业那天，心情很差，想找个人吐槽或是说说心里话。翻翻手机通讯录，却找不到合适的人可以联系。如果你还在我身边的话，你一定会是第一个听我诉说的人吧！

8. 晚上睡觉被女友开着的电视机声音吵醒，她说："知道你怕吵，我已经开到最小声了。"我笑着说："没关系。"突然就想到你从前怕吵到我，总是开着静音，趴在电视机前看屏幕的样子。

9. 我的电脑里一直保存着那首我们经常一起听的歌，分手那阵子我每天都重复播放。十年来，我一直不敢再听，怕那个旋律会把我的眼泪不由自主地引出来。我们的歌，你或许永远不会再记起了吧。

10. 春天来了，去公园看樱花，花瓣飘落，全世界到处散发着一片春意盎然的气息。我走在人群中，看着刺眼的阳光，记忆起我们无数次来过这里；坐在湖边，让风吹拂我们的青春。可是如今，我孤身一人，再也寻不见你。

11.逛街的时候，天空飘起了雨，我在雨中疾走，再没有一把伞撑过我的头顶。我用手遮着，雨滴散落在眼镜片上，眼前一片模糊，我的世界里再没有你为我遮风挡雨。告诉我，要怎样做才能习惯没有你的日子。

12.偶尔看到情侣送花的时候，我会想起中学时做过的傻事。那时和初恋女友闹矛盾，因为有喜欢她的男孩在其中影响，让我们之间出现了误会。当时特别不开心，为了气她，买了几支玫瑰花送给了她的闺密。现在每当看到情侣之间送花，我就会想起那段歉疚的往事。

13.狂风肆虐的天气向来惹人讨厌，但是我曾经那么喜欢这种天气，因为每次风来的时候你都会用手捂着我的嘴，保护我。你手心的温度，曾经让我发誓要爱你一辈子。

14.和你分开很多年了，一直都没有联系过，彼此早已成为陌路。不知道为什么你的QQ号码一直清晰地记在我的脑海里。那天心血来潮搜索你的QQ，发现你的头像换成了婚纱照。依偎在你身旁的女孩，笑得那么灿烂，这戳疼了我的眼睛，我忍不住流泪了。当初如果我不任性，站在你身边那个笑靥如花的人，会不会是我呢？

15. 初秋的银杏。那个秋天给我留下最深的印象就是站在银杏树下，仰头看树，看天，等待着一个人来接我。天是蔚蓝蔚蓝的，银杏叶是明黄明黄的，一如内心的幸福像开了的花儿一样。以后每每见到这个场景，我就不能自持了。

编后语：你在我身边，你是一切；你不在我身边，一切是你。无论你想到曾经那个人的时候会哭还是会笑，都要感谢那个曾经在你生命中走过的人，毕竟他曾给过你一段美好的回忆，教会你成长与爱。

目　录

刹那芳华篇

遇见你，只为讲述生命是一场错过

缱绻决绝篇

原来天长地久，只是一场误会

恋恋不舍篇

你的世界，我只是路过的幸福

蓦然回首篇

以前说着不离不弃的人，早已散落天涯

此去经年篇

一转身，一经年，一辈子

刹那芳华篇

遇见你，只为讲述生命是一场错过

世界上有两种痛，
一种是永远也得不到，
另一种是失去了就再也回不来了。

遇见你，只为讲述生命是一场错过

亲爱的，你一定不知道。当你熟睡在我身边的时候，我无数次透过黑夜里的微光，端详你在梦里孩子般的面容。卸掉伪装的你，单纯得像个孩子——一个需要被温暖的孩子。

亲爱的，你一定不知道。那晚月光很亮。深夜醒来，我看着你的侧脸。我知道你要走了。伸手取杯子喝水的时候，眼泪大滴大滴地落在你的脸上。你迷糊着问我：“怎么醒了？”我说：“只是渴了。”然后钻进你怀里，听你的心跳声。“咚咚……”均匀有力的跳动，一下一下拍打着我的神经。那时候我在想，如果，如果瞬间我们都能老去该多好。我不会贪恋这青春年岁，我不会贪恋这世间还有多少美好，我只要你陪在我身边，哪怕一瞬间变苍老，我也心甘情愿。因为这样，我就能和你一同过完这一世了。

亲爱的，你一定不知道。我拥有过这世间最温暖的怀抱，拥有过最干净透明的微笑，拥有过最爱的人。你是我心中的那个“最”，虽然后来你也同样给了我最痛的回忆、最深的伤害，但无论今后这世间男子有多优秀、多骄傲，却都与你无法相匹敌。

亲爱的，你一定不知道。我早就看穿了，隐藏在你心底的秘密。你以爱为名，骗了我，也欺骗了你自己的谎言。我应当难过，可是我真的不难过。我只是心疼你，心疼你的漂泊无依，心疼你的孑然一身，心疼你被遗失的心无法找回。我只是心疼你，便原谅了你的一切，你的轻视、你的同情……包括你不是真的爱我。

亲爱的，你一定不知道。我一无所有，只能以你的心为心、以你的意为意。我只好借用你的心来爱你，爱你对我的欺骗，爱你对我的谎言，爱你对我的伤害……我活成了你的样子，成了你伤害我的同谋。

亲爱的，你一定不知道。那天你说，宝贝乖！过些时日我就回来看你。当挥手告别时，我已经决心和你永远不再相见。做不了让你心心念念、让你魂牵梦萦的女子，不如放手把天空还给你，让你自由。我不知道那个人会是谁，希望她能温暖你凉薄的一生。亲爱的，去吧！去寻找那个可以让你朝思暮想地能与之相守的人吧！

亲爱的，你一定不知道。我大哭了一场，仿佛一晚上流完了一世的眼泪。虽然我们之间并无轰轰烈烈的故事，也无爱意缠绵的过去，我光着脚，踩在红漆木地板上，把我们的故事一一数尽时，还是不可抑制地悲伤。不管是真心，是假意，或许从一开始，彼此只是为了两颗冰冷的心互相靠近取暖，并无爱意。但毕竟你曾经牵过我的手，给过我温暖，这足以让我对你心怀感激。

亲爱的，你一定不知道。离别的那天没有到来的时候，我就已经草拟了很多与你告别的话。我睡不着的时候，闭着眼睛沉思的时候，无人倾诉的时候，所有我静默的时间，我对你说了很多很多话——在我心里。总以为，当我们真要离别时，我会把所有一切都告诉你，然而所有故事都结束了，除了眼泪，我还是没有说出一句关于离别的话语。你微笑地向我挥手，我在心里跟你道了声“珍重”。

亲爱的，接下来的人生，我不知道我的手会被谁牵着，我不知道我的脚步会跟随谁去颠沛流离，我不知道自己会在谁的怀抱里安歇。但，一切未知的惊恐和不安也抵不过失去你的慌乱。

如果年华能在瞬间转换，如果容颜能在瞬间苍老，那么我就能在瞬间忘记你了，对不对？时光留下的是略带血腥的过去，你留下的是无法消除的痛苦回忆。

慢慢等吧，时间终将背叛你和我那段不明媚的过往。我知道若要把你遗忘，大概是要走到生命尽头的那一天了。

（文/芒刺）

那个在你生命中来了又走的人

他不曾想到，再次相见时，内心竟然会如此波澜不惊。

在北京的地铁站，她来送出差准备回酒店的他。临走前，她说：“抱抱我，不知道下次相见又会是什么时候了！”他用力地抱了抱她，却又仓皇地上了地铁，看着她在对面的地铁站台朝他挥手。

有时候自认为挥之不去的情感，却也都会无法抵挡“不知道下次什么时候相见”。

大学是个奇特的地方，仿佛它就是命运，让很多男女悄然相遇，他们的故事也会从此而上演。在这命运的大熔炉里，所有适龄男女千里迢迢来到这里，只为编织一段或短暂或恒久的故事。

他短暂地喜欢过几个女孩，直到遇到她，他才明白：每个恋爱的人都是疯子，恋爱是一种被社会认可的精神错乱。对他来说，她就是一个谜语。与所有相爱相亲的故事都一样，他们终日黏腻在一起，彼此心里都明白，在这座远离家乡的城市里，彼此都需要一份爱来慰藉。

他们牵手，他们相拥，他们一起看电影，他们踏遍校园的每个角落，他们都太孤独，但相比而言，她却多了一分冷静或者自私。爱情里，每个人都是自私的，他的自私是想用尽全力去爱她，哪怕掏心掏肺；而她的自私是她需要爱，却又不想被束缚。

幸福的人各有各的幸福，不幸的人更是各有各的不幸。当爱情里自私变得不对等也都不愿意妥协时，或许应该放开彼此，但是他却被那份情感牵绊着，她对他避而不见时，他疯狂地喝酒喝到呕血，拿小刀在手上刻下她的名字。他用尽所有幼稚而疯狂的行为来折磨自己，来分散心中的疼痛。他不想伤害她，却也不曾想到自己的疯狂，而这对她来说，本身就是一种伤害。

本以为换来的一场轰轰烈烈、刻骨铭心的爱情，最终也抵挡不过毕业时盛夏的太阳。所有故事，像相聚时那样不远千里，而相离时也正因为“不远千里”。他留在重庆，而她远赴北京。而后她再次和几个男孩相恋，他也是从旁人那里得知她的消息。他们还会不时地电话联系，聊些琐碎的小事，他会很开心地听她絮叨，好像一切都还和以前一样——直到她告诉他，她遇到了一个男孩，应该就是她要找的那个人了！

每个人都认为自己不平凡，但都无法与命运、时间对抗。他曾经想过他可以去北京找她，可以像大学时那样。她调侃他，他还傻傻地笑；他拥抱她，恨不得把她抱进自己的身体里，血肉相融。

如果非要为故事画上句号，大概也不过是他在电话里听到她在那边说着，她现在把她的宠物猫咪送给了一个网友，不过是因为她男朋友不喜欢她养猫。

每段青春都轰轰烈烈到自以为会毁灭了自己。所有的“领悟”，不过是像她告诉他，她找到了心爱的男孩，仿佛是知悉或者托付：“青春的时光里，谢谢你陪伴我走过了生命中最灿烂的那段时光，现在我找到了我心爱的男孩，他愿意接替你曾经那么爱我的岗位，继续爱我余生更世俗的样子……”执念的情感都这样，爱到浓时，悄然转淡。

那个在他生命中来了又离开的女孩，留给他的，或许是只有分开以后才明白，所有相遇不过是为了相离，而所有相离，可能是化作记忆般地拥有，化作朋友般地相爱。她曾经的青春只属于你，你们相爱，现在她依旧属于你，你们只能是朋友。

都说时间是把杀猪刀，宰杀的不仅仅是青春的记忆。架在脖子上的时候，每个人都不得不认识到，其实我们没有那么特别，每个故事都那么相似，他和她的、我和你的、你和她的、他和你的……

都是在那个特别的时间里，你们轰轰烈烈地带着稚气、带着自以为的成熟、带着奋不顾身的力量爱上了那么一个人，这个人在最冲动的年龄，让自己明白了，爱其实就是短暂的陪伴。短暂到可能就是几天、几年，就算是几十年，在时间的延长线上，也不过是风沙入眼那般，挤出一滴溅不起浪花的眼泪。

故事到她跟他说，她男友不喜欢她养猫，而她为了男友把养猫的习惯改掉的那一刻开始，就画上了句点。他出差到北京，他们相约见面。谈了彼此的工作、生活、北京的天气……他们聊到咖啡厅打烊，他听她接同事电话、接男朋友电话、挂掉男朋友电话之后，她还对他说，刚刚打电话的就是我男朋友，挺不错的一个胖子。好像所有话题都变得轻松而不触及心灵，所有琐碎的事情都那样波澜不惊地和盘托出。“不知道下次相见又会是什么时候了！”他说。

生命里我们都会遇到很多人，执念的，笑谈的，记住的，记不住的，拿起的，放下的，他们都在生命里的某个阶段陪伴着我们，补白了一段稚气的时光。那个来了又走的人，不过是一道谜题，领悟了，也就解答了所有人都逃不过的哲学命题“青春”。

那些自始至终陪伴着你的人，是“爱情”；那些来了又走的人，才是“青春”。

也许有的人真的不知道什么时候会再见了。青春就像翻书，翻过那一页，回头再去遥望那些在心底发酵的故事时，会笑着对自己说，经历了，成长了，也就能够坦然地面对了。为什么歌词里总会唱到“不想长大”，长大的代价就是，不得不面对谜语的答案，面对世俗琐碎的生活，面对我们可能渐渐变得像少年时我们讨厌的父母、老师的模样，但我们从此也获得了能够笑着说自己“青春”的勇气。

（文/禾三）

最初不相识，最终不相认

已经到了大龄剩女的年纪，她不得不无奈地去参加家人安排的相亲。然而与他的相识，注定是一场她逃不掉的劫难。

那个咖啡店，她现在还记忆犹新。一个极平凡的男孩，小眼睛，个子不高，微胖。那天，他给她最深的印象便是他那双仿佛会说话的眼睛。也许，那时的他并没有给她留下多少好感，他们的第一次交谈是在他大谈理想中结束的。互留电话后，他们便匆匆离去。

她在心里暗暗思量，这样的男人应该是不会走进我的生活吧！他那双能看穿她心里全部想法的眼睛让她望而却步。殊不知，他是一名销售经理，世事洞明。怎会不知，如此单纯的她心里有何想法，有怎么样的情愫。

那天之后，他们并无联系。在女孩看来，这似乎只是一场为了应付家人的相亲罢了。直到几天后，他出现在了她公司的楼下，她才知道，他们的故事才刚刚开始。他是来道别的，他工作不在这座城市，过完年便要离开。他们有了一场像恋人般的约会，而此时他们却不是恋人。他们一起吃过饭，看了场电影。那个电影叫《八星抱喜》，也预示着一个喜剧的开始。

此后的几个月，他们回到了各自的生活轨道。原以为再无交集，直到那个“五一”，他再次出现了。这几个月以来，男孩每天无论多晚都会打个电话或发个信息给女孩报声“晚安”。在女孩心里，这个男孩在一点点走进自己的内心，那么不经意，那么毫无征兆。他们终于在那个美不胜收的春天，开始了一场以爱为名的恋爱，像所有恋人一样相爱，享受着爱情带来的一切美好。

那个小长假，他们是在一个青山绿水的旅游景点度过的。她问，你爱我吗？他答，喜欢是淡淡的爱，爱是深深的喜欢。这场短暂的相聚，是那么甜蜜和美好。然而时光并没有因此而放慢脚步，他终究还是要回去，这场分别却比前两次更让她多了一份牵挂。从他踏上火车回去的那一刻，她便收到他的信息——爱你，等我。她答，此生，有你，有我。

当爱情真的悄然而至的时候，距离便成了最大的问题。因为相爱，所以那么希望生命中每一天都有你；因为相爱，所以那么享受青春里每一刻都是你。她或许是痴情，也是无知的。弃了工作，不顾家人的反对，不顾朋友的相劝，不顾一切地去找他。

那个夏天，她身着一袭素衣，带着一份思念，只身一人来到他的城市，为的只是与他相守。那是江南的一座小城，安静得可以听到花开的声音。她与他牵手，走在了她梦里常出现的青石小路上。她与他相拥，奔跑在这如诗般美丽的小城。此生为莲，倾尽一生，如只换君一朝相惜便也罢。

她在他的公司里做了文员，而他是她部门的经理。她答应他，为了不影响他在员工面前的威严，他们在人前装作陌路人。为这，她觉得自己受了万分委屈，深深相爱的两个人，在众人面前却要装作互不相识的陌生人。

朋友劝她不要再痴迷下去，如果他真的爱她，定不会如此待她。而她却甘愿为莲，隐在他身后，独自流泪。因为爱了，便再无回去的路。

他是经理，她是员工，他做销售，她是文员，如此他们便无法天天在一起了。于是，她放弃了安逸轻松的文员工作，申请做他手下的一名销售员。他答应了，不知何因，她竟有点失落。可是既然自己做了选择，也便没有什么可后悔的。

不知道要经历多少个烈日，她才能完成一个订单。那时受尽了委屈——顾客的责骂侮辱，她忍了；家人的不理解、朋友的不联系，她忍了。她用尽全部心思，付出所有精力，为的只是得到他的一张笑脸、一句夸奖。

时间久了，同事还是知道了他们的关系，纷纷送上祝福，她幸福地笑了。因为此时的她，已经有资格站在他面前了，她的业务能力得到了大家的认可，她的销售业绩在团队里名列前茅。或许，故事到这里，应该有一个好的结局，男人一定会为女孩的努力而感动。但这是一场从一开始就注定错误的相遇。

他们之间的关系在一天天地变质。男孩并非细心人，常常因为工作忽视女孩。而让女孩最不能容忍的是，他在所有员工面前对她大呼小叫，刚开始女孩很理解这是为了工作，故意要在同事面前树立威严。可男孩却变本加厉，一次又一次地拿女孩开刀。她渐渐地凉了心，对他的爱失望了，而男孩对此却没有丝毫察觉。

爱情变质了，人便离了心。女孩开始变得多疑，她开始翻看男孩的手机、QQ。她觉得男孩也开始对她冷淡，嫌弃女孩怀疑他、不给他自由、不给他面子，争吵越来越多。

这场以爱之名开始的闹剧终于在一个情人节的前夕宣告结束。一次争吵过后，她问："你还爱我如初吗？"他答："我们不能结婚了。"只此一句话，女孩便明白了一切。可曾知，明天便是情人节。他答应过送她一个玩具娃娃，然后再带她去看一场只属于他们的电影。在这个城市，她只有他，他们分开的那天是情人节。

她没有告诉任何人，简单的行李，带着一颗受伤的心离开了。这场爱情多么可笑，是他亲自送她到车站的。车站上人潮如海，而此时她却只能看着眼前人，转过身去，他没有看到她流泪的双眼。她问：“你还会来找我吗？”他答：“也许会吧，也许不会。”她问：“会是多久？”他答：“也许几个月，也许几年，也许不会。”她说：“一转身便是一辈子，缘尽于此，别过吧。”

最终，他没有等到车来便先离开了。她望着他衣袂飘飘的离去，心中默语：此间不见，便可不爱；此心不念，便可离心。

在这静好的岁月里，爱了一季的心，此刻却离了心，从此不说情，不谈爱，只享那一缕惜人的阳光。在这如歌的青春里，倾了一世的情，今昔却绝了情，从此不低语不高谈，只爱那株惹人的青莲。

再见，再也不见。于你，我是那转身即忘的路人甲，怎与你执手走天涯。从此离去，便再无归期。于我，你是那朝圣路上的过客，只此一眼，却是一生。

（文/夏浅兮）

曾在懵懂的岁月里，深深爱过你

2009年，我和他相遇。

2010年，我和他恋爱。

2009年，我们高一。那时候的他浑身上下都洋溢着阳光的气息，却又略带羞涩腼腆，充满童真稚气。

2010年，我们高二，从懵懂的小鸟蜕变成朝气蓬勃的少年。我生日那晚，暗夜的天空飘着毛毛细雨，电话那头传来温润柔软的话语，伴随着略有磁性的嗓音，毫无征兆地让我的左胸口停止了跳动，犹如一泉透凉的清流淌过心中最干涸的角落。拒绝的话语到了嘴角早已变成被冲动取代的接受。他说，他喜欢我，喜欢了402天。

正值做梦的年龄，我们渴望靠近，却又像偷糖的小孩，紧张又胆怯。每晚自习过后，我们总喜欢躲开老师的探照灯，藏进树下的黑暗里，小心翼翼地牵着手，心却紧张得扑通乱跳，仿佛下一秒便能从嗓子眼里跳出来。偶尔大胆一点儿也来个拥抱，我却紧张得连他的味道都记不清，本想刻意感受他怀抱的也都忘记了。

在一起之后便有了许多第一次，第一次一起逛街，第一次一起吃饭，第一次牵手，第一次拥抱，第一次亲吻，第一次一起拍大头贴，第一次一起短途旅行，第一次他给我做饭……

在一起后的第一个圣诞，我跑遍整个市区，只为找到能与他匹配的男士围巾。他的生日，我从三个月前就开始思索、开始筹划、开始准备，最后不分上课下课，最终999只千纸鹤在我手里诞生，每一只上都写满了我的祝福。

我们在一起之后，我脑海里闪现的只有一个身影。我的全副身心都只为他牵绕。走在街上，路过每一家店铺，看到每一件物品，都会思考他缺不缺、合不合适、喜欢不喜欢。最疯狂的一次是冲动之下买了一件毛衣，花了将近一个月的生活费，只为给他一个惊喜，博君一笑。

苦闷时，第一个寻求他的低声安慰；哭泣时，第一个依靠他的肩膀；快乐时，第一个与他分享。久而久之，喜欢变成了习惯，习惯变成了依赖，同时也就失去了自己。

他对我也是同样的好，存了整整一个星期的零花钱，只为在周末带我去吃一顿美食而花个精光，却不曾抱怨。每天为我准备一颗棒棒糖，从不间断。下雨天，整把雨伞倾盖住我的身体，他则被淋得湿透。为我打理好一切小事，因为我做事比较马虎。半夜偷偷跑出家穿过好几条街给我送药，只因我喉咙有点儿痛。他手机丢了的那阵子，不顾夜里漆黑，毅然跑到几百米外的电话亭，只为与我几分钟的通话，他说只想听听我的声音。窗外咆哮的北风和急促落下的雨点，我心里装载着满满的感动与心疼。

年少轻狂的我们，就这样，爱情代表了全部。

我以为，我们会一直这样携手幸福地走过余生。我以为，他的生活里只有我一个人。我以为他和我一样，眼睛里只有对方。一直以来，我都是那么理所应当地以为着。随着时间的积累，我们慢慢熟悉了彼此，却也因此而变成我们之间最致命的问题。

不记得从什么时候开始，QQ里没有了他头像热切的跳动，手机信箱里没有了他每晚从不迟到的“晚安”，通话记录里他的名字早已沉淀在最低处。棒棒糖也销声匿迹。他的脾气越来越暴躁，稍有不顺便会大发雷霆。有时不超过三句，他便冷眼相对。吵架次数越来越多，频率越来越高，甚至一天达到三次。

我开始神经高度紧绷，心思异常敏感，鸡毛蒜皮的事也可以突然和他翻脸，几乎每次吵架都是因我而起。白天争吵，晚上骄傲的我却只能苦着嘴角低声下气地告诉他我错了，不想因为争吵变成这段感情的刽子手。

每次吵架，我都不知道他以什么样的心情骤然转身离去，头也不回，留我在他背后眼睁睁看着他的决绝与无情，独自捂着心口掉着泪。可我还是每天晚上满怀希冀地拨通他的号码，做好准备与他倾诉相思，可他三言两语便敷衍了过去，随后传来的忙音浇灭了我满腔的期待与热情。冰冷的手机让我的心也慢慢沉入海底，渐渐凉透了身心。逃避于事无补，最不愿承认的终究还是来了。

终于，我鼓起勇气偷偷登录了他的QQ，结果换来我整个世界的崩塌。我发现了，她。她的头像不停地跳动，暧昧的话语刺痛了我的眼，像一片片锋利的刀深深地削着我的心。那一刻，心中那座岌岌可危的城堡终于轰然倒塌了，我发抖的手始终无法成功点开她的空间，我努力调整着呼吸，最后还是进去了。颤着右手往下滑动鼠标，清晰可见的评论回复你来我往，暧昧不停，占满了整个页面。他有多久没对我说过那么亲昵的话了？

心，倏然碎了一地。

我不知道我是如何退出她的空间、他的QQ的，我瑟瑟发抖的身体里不停地咆哮，不停地叫嚣，撕心裂肺……

我还是抱着一丝希望，他也许还是在乎我的。对她，我愚昧地选择了忽视与忘记。对他，我自欺欺人地选择了相信与原谅。你自以为可以自欺欺人地过下去，可偏偏有些时候连自欺的机会都不给你，越是逃避，越是要面对。

2011年年底，步行在街上，我看见了那抹熟悉的身影拥着一道纤细的背影。一个小时前，他告诉我说他妈妈生日，得回家陪妈妈。可是眼前的景象是多么地滑稽。

我颤抖着掏出手机拨打那串烂熟于胸的号码，脑子里因紧张一片空白，语音提示他已关机。我苦笑着握紧手机，不顾同学的阻拦，愤怒地冲上去问他要个解释。他看着我说："没什么好解释的。"他连解释都不屑了。

看着他冷漠的表情，我终于放弃了挣扎，无力地转身，用仅存的一点儿力气走出他们的视线，躲在转角里，不顾一切地号啕大哭。一个人不爱你了，连敷衍都觉得多余；一个人不爱你了，连假装都不给你机会。

同学说，遇上他是我整个高中最大的不幸。如果我不曾遇上他，也许我的高中生活会简单许多。如果没有遇上他，我的高中就不会那么刻骨铭心。

他曾说，军训时，我烈日下留着汗水的倔强让他一见钟情。他曾说，除了家人，没有谁能和我一样对他全心全意地好，长大以后要娶我。他曾说，不开情侣空间，不用情侣网名，是因为对我的爱在心里，不在网页上。他曾说，哪怕他心情再郁闷，只要看到我便能雨过天晴。他曾说，喜欢我傻乎乎地笑。他曾说……那些甜蜜的话语，最后都变成了一把把锋利无比的刀子深深地刺伤了我。

当一个男人变了心，曾经的海誓山盟只是愚蠢可笑的空头支票，苍白而无力。有句话说得很对，承诺就是一个骗子说给一个傻子听的。而我，实在傻得令人发指。

傻到什么程度呢？他丢手机的时候，我把自己的手机给他用，自己却左蹭右借同学的手机与他保持联系，后来才知道他每晚用我的手机与她通话。他的手机停机了，我傻傻地往营业厅跑，为他充话费，他却用我给他充的话费与她发信息、聊天，而他对我，却只字不提。

青春期的爱情，我倾尽了全部，也亲手葬送了自己的感情。我们都曾为青春流过泪，然而又有谁真的能在青春年少里携手走过。

他自由了，而我怎么办？从那之后的一段时间里，我为他一蹶不振，废寝忘食。起初，我是怨恨他的，怨恨他的无情，怨恨他的变心，怨恨他的隐瞒。我不知道这是不是背叛，可是，他欺骗了我却是不争的事实。我们的感情走到尽头，不能全部归咎于他，也许我的性格太敏感、太好强、太泼辣、太倔强。他说我不懂如何心甘情愿地示弱与迁就。也许吧……

我想这段感情的致命点就是我们从不懂得如何沟通，如何了解对方的想法。从未真正了解对方的真实需要，以为在乎一个人就是不断地对他好，从而忘了精神上需要的安慰和陪伴、灵魂上的包容与理解。如果现在问我还恨不恨他，答案是否定的，用现在的心态看当初他的变心是情有可原的，也觉得有点儿不可思议。也可以说，当初太小还不懂何为爱情，如何去爱，挥霍了年少无知。

那段青涩的时光，他对我的好我知道，毋庸置疑。那些逝去的美好我会好好珍藏，好好回忆。初恋的美好是任何东西都无法取代的，走过的青春，有过伤痛才会领悟，才会深刻，才会铭记。

倘若时光倒流，我还希望能再遇见他。

（文/张洁秋）

孤单，是从你爱上一个人开始

当我爱上你的时候，黑夜都有了星星指引，漫天的风也不再无归所；当我爱上你的时候，荷尔蒙有了增长的理由，泪水也有了泛滥的借口；当我爱上你的时候，寂寞被爱照射着蒸发，孤单趁机入骨沁心，而我从此不得解脱。

无关乎你爱不爱我，当我被你吸引，爱便传染给我一种叫孤单的病症，从此我烧坏了脑袋，也烧红了脸颊，更烧乱了心跳，无法治愈。

那是一种怎样的爱啊，熙攘的人群中，我总是一眼就能认出你，在爱上你的每个日子里，你在我上下左右四周、眼里、心里、梦里，只是唯独不在我怀里。

那段日子，我常常听阿桑的歌，这个有深秋味道的女声幽幽地唱：“孤单是一个人的狂欢，狂欢是一群人的孤单。”我想再没有比这更贴近我的心情的，爱上你之后，我的生活节奏大变，我在爱情的过山车上，一下子冲上云霄，又一下子跌入谷底，可是，心底总是有一处空落落的，冻结成冰，冷风一吹，就立刻瑟瑟发抖。原来打败我的，是永远无法填满的我的孤单。

我们相爱，好像亚当与夏娃在伊甸园里，那是两个人拥有全世界的喜悦，但也是左边第三根肋骨隐隐的痛，而你已经不能亲身感受，不能懂。

两个人的孤单，比一个人更甚。相爱就会喜欢分享，分享生活，分享心情，同时也分享了我们的孤单。从此，我就拥有了两份孤单，更得不到救赎。

你说你给了我一片天堂，你是我夏日的火炉、冬日的阴雨，也是我春日的暖阳、秋日的清风。你是我一切的一切，唯独不能是我的解药，不能治疗我孤单的绝症。原来所谓的天堂，终究是一片荒凉。

孤单和寂寞是如此不同，即使你在我身边，从此我再不会寂寞，但孤单还是会啃噬着意志，使你我不得安宁。

我给你唱“爱情原来的开始是陪伴，但我也渐渐地遗忘，当时是怎样有人陪伴”，然后你笑着拥住我说，不会的，我们会相爱到永远。于是，在你怀里的我终于发现，得到之后的孤单因为害怕失去而来得更加凶猛急切。你看，如果我的左手画出美丽的图案，我的右手便是满心嫉妒。

因为我爱你呀，于是害怕你会不爱我，因为我爱上了你呀，于是害怕你会离开我。我们在这样的患得患失中，彼此爱着也相互折磨、互相伤害。

从前不懂爱，以为爱就是甜言蜜语、海誓山盟，但自从爱上了你，我才终于明白，爱原来是恨不得一夜白头，永不分离。

千百年来，人类就是这样痴缠着过了一世又一世，也这样孤单地过了一世又一世。不知是谁说的，每个人都是一座孤岛，但爱情的本质是占有、是攫取，是渴望浑然一体、合二为一。于是，我们开始意识到，两座孤岛再怎么渴望连接，也不会出现一座鹊桥，成全你我，成全爱。

于是，我们就这样两两相望，一片云飘过了我又遮蔽了你，一阵风吹过了我又路过了你，一滴泪刚刚触碰到我又流向了你。于是，每一片云，每一阵风，每一滴泪，都在无时无刻地提醒着我们，我们的孤单，由爱开始，之后便泛滥成灾。

即使分离，也不能幸免于孤单这一场劫难，这孤单从我爱上你开始，就不再会随着爱的终结而消失。

后来，我终于失去了你，于是我像游魂一样游荡在这座城市的大街小巷，独自去看我们一起种下的那株山茶，独自去喝你钟爱的焦糖摩卡，再独自在我们喜欢的小酒馆喝得烂醉。孤单是一种病，此时此刻它已经成功占据了我的身体，使我发出孤单的气味，路上的行人，纷纷对我闪躲。

你说，把水弄脏了还能再洗干净吗？如果自你之后我被孤独沾染，如何再重回往日天真烂漫，无忧无虑的时光呢？

我突然明白，为情所困的人，孤单的枷锁再也无法打开，因为我们为爱，曾心甘情愿地扔掉了钥匙，从此世上所有由情而生的孤单，再无解药。

我想我不仅仅是失去了你。

（文/我和我的反骨）

我在怀念你不再怀念的

很多时候我都在想，我的青春结束了！

我做了一个梦，梦中的我那年17岁。如果时间没有快过成长，如果你没有离开，那么记忆中白杨树的年轮和我的思念一样深。

风吹着额前的头发，3月的阳光明媚而充满柔情，看着枝头的小鸟，看着天际的霞光，看着木槿花开，看到了3月心中平淡的忧伤。此时我成了最孤独的人，我的幼稚也随着风慢慢消逝。

冬月春花，冷暖交替，北方的3月依旧没有走过寒冷，空气中透着潮湿，透着那年风吹的味道。每天的变化和成长就像一棵树，发芽的最初渐渐远去，但每次低下头看到的都是牵连着无尽的思念与眷恋。

你无情而别，很多时候我都在思考你离开的理由，然后在心中想着该如何弥补过错。爱与痛，苦与酸，冷漠与颓废，在不断地成长，最终懂得了你的快乐就是我的快乐。只是这快乐不是我陪你到最后。

我时常觉得自己是一粒沙，静静地躺在土里，听着别人的笑，看着别人的生活，却无法与别人交流。一个人演绎自己的电影，无论情节是多么动人，自己也都摆脱不了寂寞。

每看一道风影，我都在想，你是否在另一个地方，快乐地笑着；是否有人担心柔弱的你，会在寒冬的夜晚送你回家，直到看着窗中亮起的灯，才会缓缓地离去。

当你对我说从此陌路，不再爱我的时候，我心痛的不是你说出口的绝情，而是我看见从你的眼眸中涌上的痛楚。我总以为痛是一种难过，痛了才知道痛是一种体会，只是我不知道这是一种孤独。

我总是莫名地悲伤，像慢慢降下去的温度，像慢慢披上身的衣服，像慢慢孤单的人，像夜晚安静吹着的风。看着世界真实的颜色，记忆像杯冷却的温水失去了味道。突然想到那年四月的樱花树下，看着你从我身边走过，风吹得那样轻柔，你飘起的裙摆如仙子般美丽。

现实不美，美的是心中难忘的人，美的是不愿忘记的回忆。你是靠近寒冷的极地，你是风吹就会散的灵魂，你是水中月光那深深的倒影。看着你像紫藤花铺满无尽的安静，相对于忘记，思念便不再那样难过。风吹而过，心中的城池，城中的梦，梦中的真挚。走过四季惆怅，看向前方的水，除了远方，心事该对谁说，如何再说。

无论梦中、脑海中、记忆中，那些记录的山与海，像旋转的录影带那么长而生动。不想，怎么忘记，这一切扣留着我，所走的偏是不留恋。曾经我认为自己是一粒沙，会在某一天仰起头，身在阳光下，走过坚硬的路，耸立在不败的年华！

蓝天下，心回梦归处。再次回到原地，右边的树叶已经凋谢，看着四周焕然一新，看着不远处的楼层，仿佛看到那时的青春。看着阳台上好奇地注视着我的人，依稀看到了站在那里的身影，在那里我看到了不远处如我般的陌生人，孤单而又沉默。此刻我明白了曾经的陌生人成为了我，而我早已不在人群中窃耳。寂静蓝天下，第一次懂了天为何蓝得那么执着，仿佛听到了阳台上两个身影的话语。

我们会有将来吗？我想和你一起到白头！只要你不放手，我就一直都在！

恍然间浮影不在，人生莫不如此。看着阳光映照出的身影，不知孤独是否如此般藏身在最初的过往之中。随着脚步，孤独一步一步显而易见，头顶湛蓝的天，棉色的云，沉着平淡，一切从抬头看向天空而开始，一切也由抬头看向天空而结束。

（文/番茄）

对的时间你没有叫醒我，今生只好错过

酒后，送别了另外两位朋友，你张开右臂，只说了一个字：“走。”

我却轻轻躲开，让你伸长的手臂在我身后划过失望的弧线。回望与你相悖的路口，我执意要走另外一条岔路。

把你留在路边，我倔强地走开：这一生，这样的镜头到底要重复多少次？

那一年，我身高骤长，坐在最后一排，在你身后。

你翻看一本漫画书，我尽力抻长自己，目光像鸟儿一样跃上你的肩头，与你一起沉浸在阅读世界里。故事紧紧抓住我们天真易感的心灵，我正看得万分投入，你却匆匆翻过数页去寻找结局，让我从幻想世界瞬间跌落。恼羞成怒的我伸手去抢，警觉的你努力夺回，撕扯中上课的铃声猛然响起。意犹未尽的故事让我几乎哭泣，于是骂你，怨你，用力捶打你。你少言，只说："骂够了吧？我不和你计较，好好上课吧。"

我安静下来。那时，我们是懵懂稚子、垂髫少年，和你赌气的我，第一次，在放学回家的路上独自而去，把你留在寂静的路边。你无聊地踢着石子，在我身后，漫无目的地徘徊着。

就这样面对着青涩的彼此，我们一起长大。

从小学到中学，你越发沉静，在数理化的世界中如鱼得水，我仍然不停地喧哗，因家庭的原因，在是否继续读书的两难选择中纠结。总算挨到高考过后，青梅竹马的日子远了，同行十几年的路也要挥手告别，可惜我贫瘠的心里并没有情感的嫩芽，那条路，并不比未知的前途更让人惶急。

我转身而去，找寻命运的方向，你仍然沉默，只在我的笔记本上写下惆怅的留言：“别了，我的朋友，我们何时再相见？”我不记得你的字迹，这个没有署名的留言让我心动之后便被深埋。文理相隔，我们就此分开。

或许，你曾在路口仰着头踮起脚尖眺望过我，我却看不见路边等我同行的你。

转眼间，青春铺天盖地地来了，我身边有了很多追随者，和他们一样，你的信件总会不间断地到来，文字简短，像是藏在深海里的鱼，我看不到深埋起来的爱、激情和梦想，我以为你对我一直如此：平淡如水。

不久，我便陷入了让人沉迷的初恋，那是一个与你完全不同的火热男孩，他霸气十足，一定要我做他的女朋友。

你的信也恰恰在那时飞到我的案前，薄薄的一页纸，松散的几行字，结尾处，你只说：我喜欢你，希望你高兴起来。

喜欢是什么？仅仅是不讨厌吗？那时的我以为，你对我，只是不讨厌而已。

我的初恋与你无关，却水深火热，心中凄苦的日子，你一直陪在我身边，算起来我们在一起的日子比我和那个男孩在一起的日子还要长，可是，我一直固执地以为，你是喜欢我的，却不是我爱的。

那天，初恋男友带着另外一个女子出现在我的视线里，我的青春从此失落。整个下午，我疯狂地哭泣。执迷的我，以为世界再也不会有温暖与慰藉。哭得眼睛红肿，哭得无比绝望，你陪着我，等我哭得累了，就送我回家，就像现在这样，你张开右臂，只说了一个字："走。"

那段黑暗的日子，你总是忽然出现，有时是喝了酒，有时会带上朋友，你来的时候，我心灵的死水总算有了一丝微澜。

是不是因为太年轻，你一直什么都不说，总是默默地站在路边，看着我，守护着我？

你继续求学，我匆忙嫁人。

那天，你和另一个男生一起来看我，因为酒的缘故，你终于不能自持，流泪之后，你问我："到底让我怎样，才肯回头？"

一瞬间的震颤，才知道你对我情深，可是我已为人妻，再也回不去了。

此时，明白了这份爱又如何？在对的时候，你没有叫醒我；在错的时候，我如何还能回到最初？

有一种感情就像青涩的野果，只有等到秋天，成熟了，把它酿成酒，才能品咂出其中别样的滋味。

在路边等我，你整整牵挂了我20年。

20年后，我不再是那个执迷不悟像牛一样只知道奔向眼前那块红布的黄毛丫头，我终于懂得了少年的你是怎样把我托于掌心，青年的你总想着给我一份你能给得起的幸福——你一直在守候，乐我所乐，哀我所哀，而我，却一直把你当成无关紧要的路人甲。

这一生是注定要错过了，我们都不是肯伤害家人的人，在你面前，就让我仍然像少女那样任性地转身离去吧，你仍然落寞，重复着今生无数次的无奈转身，脚步有些踉跄。

而我，早已借着墙角的掩体转过身来，在你身后，望着你慢慢离开。

在路边临风而立，就像当初苦苦守候的你。此时我们已在岁月里白头，对你的牵挂，却又不能告诉你。

（文/卢海娟）

十年之后，你在谁左右

一

十年后，他终于在一个路口遇见了她。

当时，他到市中心去见一个朋友，而朋友有事先离开了。他就像个闲暇的游客在街上漫无目的地走，并习惯性地四处张望。其实他也只是有意无意地轻轻一瞥，就看到了她。那时，她站在挤满人群的公交车站牌前等车，她侧着身对着他。他发现她时，她有意无意地垂着头任凭头发盖住眼睛，像在掩饰什么，右手则牵着一个约莫四五岁的孩子。

她比十年前胖了许多，脸上也失去了少女特有的娇羞，但身体的侧影于他还是那样熟悉，脸上那若隐若现在发间的线条还未曾有太大的变化，犹如十年前，她和他在一起的时候那样，脸上还习惯性地洋溢着淡淡的笑。

她没有躲避他，就像没有看见他，或是和他从来不认识那样，坦然，若无其事。

他却忽然抽搐起来，脸上的肌肉开始紧张地抖动。或许是出于紧张，或许是激动异常，他呆滞的目光停留在她身上，一动不动，眼睛几乎要暴突出来。

是她吗？难道真的是她吗？他有些不敢相信自己的眼睛。

忽然，他发现了她牵着孩子的右手上戴着一条红色丝带编织的手链。那丝带的颜色有些黯然了，远没有新的色泽艳丽。而那手链的造型，坠物，确实是独一无二的。在这个物欲横流、极其富有的城市，和其他女人相比，她的那条饰物的确显得简陋粗俗了些。

可他认得那条丝带手链，那是临别时，他送给她的礼物。他一眼就认出了。

对，就是她。

二

他确凿无疑地断定，那牵着孩子的女人就是他要找的她了。

记得，十年前的那个早晨，长途汽车站里，他和她相拥而别。他要去远方上大学，而她则要去另外一个城市追随亲戚打工。分别前，他郑重地从口袋里掏出一样礼物——红丝带手链，那丝带的色泽宛如娇艳欲滴的红玫瑰，细密又精致的纹理，边缘坠满了橘黄色的细小碎花——那是他连夜为她精心编织的。他轻轻牵起她的手，慢慢地，小心翼翼地将手链戴到她的手腕上。一双用红丝带编织的手链，就那样恰到好处地套在她娇嫩的手腕上，衬托得她那双小手越发地精致美丽。他看着她，幸福地笑了。而她，却轻轻取下一条还给他，淡淡地冲他微笑，说："你也留一条，我等着将来有一天它和另一条配成双呢。”他笑了，说：“是呀，会的，你等着吧。”就这样，他取回一条戴在自己的手腕上。后来，他和她踏上了各自的征程，充满希望，而又异常伤心地各自奔向远方。

他至今对她出去打工的做法，仍抱满深深的遗憾和愧疚。那年，他考上了大学，可他家境贫寒，父母供不起他上大学的费用，学习不错的女友为了成全他，决定放弃复读的机会，到远方打工，供他上大学。

开始，他们经常通信，保持着紧密的联系。那时，她会不远千里，从远方的城市赶几天火车过来看他，然后，亲手将自己打工积攒的钱放在他手里，告诉他，吃饱，穿暖，别委屈了自己。他眼里忽然就有雾气升腾。他看见了她日渐消瘦的脸庞。她却开心得像个孩子，骂他没有出息。而这样的相聚，每年都会有两次，都在他开学的前夕，他急需用钱的时候。

三

大四那年，他打电话告诉她，他在外面找了好几个兼职，已经能自己养活自己了，让她把钱留下来，也为自己买几件漂亮的裙子。因为，暑假他要到她打工的城市找她。她在电话那头，笑得异常开心，说，好啊，我等你。他又告诉她，他决定考研，已经开始复习了。她鼓励他要加油，别给她丢脸，相信他能行的。他点头，说，记住了，怎么啰唆成了老太太。

然而，他万万没有想到的是，就是那次通话，竟然成了他们别离的开端。

暑假，他去了她所在的城市。盛夏，他汗流浃背地循着她留给的地址找去，可人去楼空，她杳无音信，问她的朋友、工友，没有一个人知道她去了哪儿。他疯了般地四处找寻，然而一无所获。

他伤心而归，回到学校的那天，一个朋友从学校的传达室给他捎来一封信。信是她写的，信封上写满他熟悉的字迹。他高兴地拆开来看。她在信里告诉他，她又去了另外一个城市打工，没有及时告诉他，抱歉，请谅解，勿挂念；还告诉他，好好复习，考上研究生后，她会来看他的。他喜极而泣，有些失望，但一点也不悲伤。

后来，他把对她的相思全部用在了学习上，最终顺利通过了研究生考试。可是从此，他却再也没有了她的消息。她没有履行诺言——

等他考上研究生的时候，来学校看他。

四

毕业后，他去她原来所在的城市，找了一份高薪的工作，开始努力地找寻她。在此期间，曾经有无数美丽的女孩追求过他，他都无动于衷。

今天，他终于找到她了。他不敢再犹豫，匆忙上前。他害怕她转瞬间会被汽车带到某个不知名的远方，永远地和他别离。

就在公交车即将到达站牌的那一瞬，他走到了她面前。他眼中噙着泪水，话语有些哆嗦："你还认识我吗？"

女人抬起头，然后轻轻后仰，把挂在脸前的头发甩在脑后。她露出一张完整而精致的脸，沉默了一会儿，平静地说："认识。"

"可是，你为什么不和我联系呢？"他终于忍不住地哭了出来。

女人面色忽然有点悲伤，可她抑制住了，没有流出泪水，只是抬起了左臂，露出空空荡荡的袖口。

“因为，我再也无法让那只红丝带手链，配成真正的一双了。”她淡淡地答道。

五

他们最终没有走到一起，因为，女人早已经嫁作人妇，有了孩子。后来，他从女人口中知道了事情的真相。

原来，那年暑假，在他去看她的前夕，她因为疲劳操作，无意中将手伸到了飞速转动的机器里。瞬间，血肉模糊，她整个手臂都被卷了进去。等醒来时，她已经躺在医院的病床上了。她永远失去了左手。

她醒来后，没有过多的悲伤，她做的第一件事情，是告诉朋友和工友，等他来找她时，不要告诉他事情真相。第二件事情，就是忍受百倍的痛苦，以最快乐的口吻，给他写信。而她下定决心做的第三件事情，就是答应一位工友的求婚请求，并在出院后匆忙地结了婚。

中间，为了躲避他的找寻，她换了许多工作。可是，那条红丝带手链，她始终未曾丢弃，那是他们留下的唯一爱情信物，也是她心中爱情的唯一归宿。

（文/侯拥华）

青春，就是一场声势浩大的暗恋

高中同学20周年聚会。除了本班同学，还来了一些外班的同学，当年不熟悉，如今更是十分陌生。一阵阵喧闹声像极了给一台大型晚会做的背景，身处其中，感觉很茫然，抓不住一个着力点，甚至连眼球都无法顺利聚焦，只能敷衍着和大家一起聊天，一起笑。

吃饭的时候，分坐在几个大圆桌的人开始互相窜桌敬酒，我这桌来了一个外形俊朗的男人，一落座，挨个举杯。有人小声问：“这人是谁？”旁边人回答：“他叫韩清，当年我们学校的白马王子。你不知道？”

我也点着头微笑，心里说，记得记得。

果然是白马王子，身处美女圈中却能应付自如。此时他正对着一个隔班的女生夸奖人家美貌，还说当年她就是他的梦中情人，白天在学校里见，晚上在梦里还要见。夸得那女生粉面桃腮，眼波盈盈，羞不得语。

眼看他的酒杯举到我面前，却迟疑着叫不出我的名字，我不忍见他尴尬，举杯和他碰了一下，说：“算了，还是我来自我介绍，我叫颜滟。”“啊，变化这么大！”他惊叹，然后又说：“神交久矣。”我心里暗笑，真会说话。

他已经忘记了我，我却记得有关他的所有细节。

那年我刚刚17岁。冬天起床跑早操，早操后大家三三两两往教学楼走，即使大冬天我也买不起一件厚棉袄，冻得唇青面白，浑身直打哆嗦。他和几个男孩子说说笑笑着擦肩走过，清秀、挺拔、美好，就是脑瓜像刚出炉的地瓜，腾腾地冒着热气，胳膊上搭着羽绒服。他走了两步回头看，再走两步再回头，然后犹豫又犹豫，终于退回到我身边，把羽绒服轻轻披在我肩上，说了一句："快穿上吧，看你冻的……"

"这……"我惊讶得说不出话。矮矮瘦瘦的丑小鸭竟不期然得到这样的关照，真不知道该说什么好。

"我是32班的。你不用了就给我搁讲台上好了。"

说着他就走了。那是第一次有陌生人对我给予帮助，让漫长的冬天变得不再那么难熬。

从此我开始注意他。剑眉星目，唇红齿白，天生带有一股侠气。他笑的时候，感觉日月星辰都在笑，嘴角一颗小黑痣也无比好看，连周围的空气都被他晃得哗哗地摇。

第二次和他打交道是在考场上，大规模期末考试，换班坐。我们都早早就位，只有我身前的座位空着。考试开始15分钟后，门口有人跑进来。我一边忙着答题，一边想：谁这么牛啊。抬头一看，是他。还是那副脑门上冒热气的样子，估计是从家里一路跑来的。

监考老师训他："韩清，你在高考考场上这样就死定了！"他嘿嘿一笑走到座位上，手在脑瓜和脸上一通乱抹。我看不过去，拿出自己的粉红绣花小手绢，从后面轻轻碰碰他，递过去："擦擦汗吧。"他接过来不好意思地一笑："谢谢。"

那声"谢谢"让我发晕，好像糖吃多了，甜甜的滋味一圈一圈化成涟漪，我整个人都要化掉了。

从那以后，我开始真正关注起了韩清。他变成一尊坐在我心上的玉佛，周身通明洁净，一颦一笑都泛着光泽。少艾之年，如怨如慕，"爱"字根本当不起我对他的关注，他是那样慷慨、善良、仁慈、美好，我只愿把他藏在心底最纯净、最柔软的地方，默默守护，不被侵扰。

一天晚上，学习累了，我独自上了楼顶。夜雪初霁，薄薄的微光里，一个身形修长的男生拥着一个娇小玲珑的女孩，正亲密地喁喁私语。他们没有看见我，我却看清了他。那一刻，有泪想流下，又觉得有什么梗在咽喉，堵得难受。没胆量去惊扰他们，只隔着玻璃门看了两眼，便悄悄转身下了楼。

后来，我想方设法和那个女生交上了朋友。我这样孤僻、内向的人，主动出击和人交朋友是需要极大勇气的。然后我才发现，这个女孩空有一张漂亮的脸蛋，内心却虚荣、势利、自私、浅薄。我真是嫉妒得心都痛了。如果她很优秀，我一定会替他感到开心的；可是她却是所有女孩当中最糟糕的一个。而且她还四处炫耀韩清写给她的情书！她配不上我的韩清，根本配不上。我无数次不厚道地幻想她得了急病，或者家人突然给她转学，或者韩清猛然间认清她的真实面目，然后和她分手。然后，我想，我可以给他介绍一个更好的，如果他愿意要我，我会放弃一切跟他好。

可是我设想的一切都没有实现。他们一直交往到高中时代结束。

高考结束的那个暑假，我费尽心机才打听到韩清考到了北京一所著名的医学院，而且和那个女孩已经分手。这时我也拿到录取通知书，马上就要去本地一所名不见经传的专科学校报到了。我一边感觉到离愁，一边又高兴得蹦蹦跳跳。明知道他离我越来越远，我却替他开心了很久很久。我真心祈祷他以后能够找一个好女孩，一定要有水晶般纯洁的心，然后还要有仙女样完美的外表，这样才能配得上我心目中的白马王子。

大专生活刚开始，我就陷进了情感旋涡里，被一个只想玩玩不想负责任的男生耍得团团转。心情不好，无人可说，一个人在瓢泼大雨里走，楼上有人没心没肺地起哄尖叫。这时，韩清在哪里呢？我给他写了一封又一封信，又亲手一封又一封地撕掉。也许，我应该冒充一个不知名的笔友，给他写一封不署名的信，诉说千里之外一个陌生人的痛苦、失望、爱恋、难过——不知道那会是什么效果。不过也是想想罢了。

那个男生正式和我say goodbye的时候，好像头顶上悬了这么久的铡刀终于落下，感到既疼痛，又得到了解脱。那一刻我只想见到韩清，一时冲动，天生路痴的我居然跑去买了一张直达北京的火车票。

我终于站在辉煌壮观的医学院大门口，刹那间，竟然有泪珠滑落。此时的我，不复当年的黑瘦弱小，也有了明眸和皓齿，粉腮和浅笑。奢望如飞蛾，在暗夜里悄悄地飞舞。

七问八问才打听到他的宿舍，然后请人捎话给他：大门口有人找。20分钟后，韩清出现了：一身运动服罩在身上，还是俊朗挺拔的身姿，还是红唇似花瓣的鲜润，还是那样剑眉星目的温柔，还是我的美哉少年郎。可是，他是和一个女孩肩并肩走过来的。那个女孩眉目清秀、面容恬静，满身都是青春甜美的芬芳。

看见他们的那一刻，我早已经退到远远的马路对面，任凭他们在门口焦急地东张西望。过了好久，他们一脸愤懑地离开了，我却一直在校门口磨蹭到傍晚，又吃了一碗朝鲜冷面，才十万火急地坐车往北京西站赶。就在我刚坐上公交车的那一刻，一回头，正好看见他和那个女孩有说有笑地走进我刚走出来的冷面馆。

我痛彻心扉地意识到，从开始到现在，我们就不在一个世界了。无论我是幸福还是忧伤，他始终都只能是我青春的信仰，却不能是我爱情的方向。

我终究要和你说再见。

你终究只能在我的记忆里开成一朵莲花，绽放无边无际的绚烂色调，那是不属于我的美好。

夕阳落下，晚霞镶着金边，路旁的树叶像是金子打成的，被风搅得稀里哗啦地响，一个傻傻的女孩就这样被空旷的孤单和荒凉的寂寞包裹。

那就这样吧。就这样。

还是要感谢命运，虽然它让年华渐渐远去，各色人等徐徐消退，却仍旧在20年后，送给我一个坐在远远的圆桌那边的侧影，眉目一如当年。

聚会已毕，人群四散，他说拜拜，我说再见，挥手作别的那头，仿佛是我恍如隔世的青春。

（文/闫荣霞）

缱绻决绝篇

原来天长地久，只是一场误会

最痛苦的再见是从未说出口，
但心里却清楚，
一切都已结束了。

此生，你欠我幸福

我是在下班的地铁上看见和他相像的人的，那一刻他下车我上车，我们彼此擦肩而过。我愣了愣神追出去时，却再也找不到那个人。我在拥挤的人流里蹲了下来，无助地哭泣。我想正因为世界有如此浩大的拥簇人流，才让我用尽此生力气都再也企及不了他的身影。

1. 他的名字很平凡，几乎每个人身边都有一两个人叫这个名字。

2. 他本人也很平凡，如果是在街头人潮里，没有人会对他投以注视。

3. 他的生活也很平凡，像大多数人一样生活在普通家庭。他的兴趣爱好也很平凡。

5. 他是个很平凡的人，是我曾经最爱的男人，是我根深蒂固念念不忘的男人。

6. 现在他不是我的男人，而且很久很久了。

7. 迄今为止，从和他相恋的最初直到他离开很久以后的现在，我为他写了很多很多字。那是我一个人的秘密。

8. 遇见他的时候我20岁，那时我还是个大二的学生，在我最渴望爱情的年纪遇见的是他，真好。

9. 他身高一米八六，他说在他眼里一米八以下都是矬子。我记得他说这话时，我差点要暴揍他，幸亏他躲得比较快。因为我身高一米五六，不到他肩膀。

10. 他眼睛很大，还有连女孩子都羡慕的浓密长睫毛。

11. 他爱打篮球，打中锋，但是只要出了三分线他就投不进球。他说在他们学校，总有女孩子为他尖叫。我就坐在他身旁取笑他：“看上你的女孩一定都是歪瓜劣枣，当然除我之外。”

12. 看电视，我陪他看体育频道，之前篮球明星我只知道中国有姚明和易建联。后来他给我介绍科比、麦迪、凯尔特人三巨头，滔滔不绝，头头是道。

13. 在认识他之前我不看篮球比赛，在他走之后，我从不再看体育频道。

14. 我陪他看欧美科幻大片、周星驰喜剧片，但是坚决不看日本动画。他陪我看爱情片，但是坚决不看惊悚片。这一点我们俩还算是很和谐地矛盾着。

15. 他爱听欢快一点儿的歌，我爱听慢节奏忧伤的歌。这一点，我们观点分歧很大，不是他换了我的歌，就是我关了他的音响。

16. 因为身高，我时常趴在他怀里撒娇地叫他哥哥，大哥哥。其实他比我小一岁。

17. 走路时，我经常跳到他背上，让他背我回家。

18. 看见马路上有卖糖葫芦的我就对他喊，我要吃。现在我一个人在不熟悉的城市，走走停停，而且不再吃糖葫芦。

19. 我和他在一起时，我们都很懒，甚至黏。谁都不愿意独立去做事。即使只是去出门不到五十米的超市买东西，也要拽着对方。他也总是说，我怕我买回来的东西你不喜欢，我们一起去。

20. 我给他挑选衣服，从里到外一件一件，包括内衣和袜子。

21. 我带他去染了头发，棕黄色。

22. 我带他去打了耳洞，左耳。我买了一副十字架耳钉，他带左，我带右。

23. 我在他身上翻出五元、十元的零钱的时，我就质问他是不是想携款潜逃，不要我，休想。然后把钱全部没收。

24. 我不许他一个人单独玩网游，必须带上我。如果他玩的是我不会玩的游戏，而我缠着他他又没时间搭理我时，我就啪地按掉主机电源。每次看他无奈地对我瞪眼睛，我都很得意。

25. 我生气的时候会拿东西砸他，比如瓜子、枕头、发卡……他每次都很无奈，他说真是打不得骂不得，甚至有几次被我气到哭。看见他掉眼泪，我就会惊慌失措，除了撒娇说对不起，不敢再有半点儿嚣张。

26. 他是没个性的人，任我肆意妄为，他全都依着我。后来那场巨变发生时，晚上我趴在他怀里哭。他说这时候你不要哭，我心里难受。我看见他的眼泪跟着簌簌往下掉。我就不敢再哭了。

27. 我说，你不会离开我吧？他说，我会爱到你离开我的时候。我说，你先回家，等我安顿好之后，我去找你。可是，最终我没能把他找回来。

28. 直到今天，我也找不到一条很清楚很明了的理由，证明我和他不得不分开。那些细如乱麻的理由真的很多，却没有一条可以有力地说服我接受这场分离。

29. 我以为我们会这样相守到老，我知道我们这一生会发生很多突如其来的事。但是我没想过，会因为任何一点让我们瓦解分离。

30. 当听到那句清脆的“我不爱你了”时，我一脸愕然，脑中一片空白，突然我就看不见近在咫尺的他的样子，因为我早已泪眼模糊。

31. 我开始打包行李，静默在一旁的他眼神复杂地看着我。但是他不知道我叠着衣服的手在颤抖，我真怕自己眼前一黑倒下去。他不知当时我的心有多疼，我自己也不知道。

32. 离开他后，我开始变得神经质，面对陌生人的问候，都会有抑制不住的眼泪。当我拿起刀片在胳膊上一刀一刀划下，看着往外流淌的鲜血的时候，我不知是哭是笑。如今，当我想起他时，还会时常抚摸左臂上那一条一条细小的疤痕。

33. 我没有悲伤到死，我还活着。

34.如果这一生只能有一个男人，我希望那个男人是他。可是他的婚纱照相册里站在他身旁的那个女人笑靥如花。我以为他的面容这一辈子我都看不厌，可是当看见相册里微笑的他们，显得如此扎眼，此刻，我不得不说，他的面容像根刺。

35.请你原谅，时至今日我也无法祝福你。祝福你和别的女人幸福的话，我不知道该如何说出口。

36.他从没与我有半点联系。我想他结婚之后每天也过得很平静。他很平凡，他要的是平凡的生活。

37.我想我是可以忘记他喜欢的颜色，忘记他的嗜好，忘记他残留下来的任何气味，还是阻止不了生活中突然蹦出来的某一事物，让我联想到他。

38.后来我遇见了很多人。他们任何一点都比他好，更有能力，拥有得更多。但是，我找不到曾经那种爱的感受了，今生再不得相见，想到这儿，心就疼。

39. 世间男子有那么多种。我只想要那个最平凡、没有个性的他。我唯一可以用爱情的爱形容的男人。很久很久之前他是我的男人。

40. 那年我20岁，如今我28岁，我已经不爱喝饮料，只喝矿泉水；不再喜欢用聊天软件找人聊天，而是直截了当地打电话；我可以偶尔吃自己从前不爱吃的食物……八年来，我的很多习惯都改变了，却一直没有习惯我的世界里没有他。

41. 不论是我们曾经走过的路，还是我一个人的原地等候，我们的爱情，我的爱，已经全部结束了。

42. 30岁之前，我想我会找个好人嫁了。

43. 此生，你欠我幸福。

（文/刺青）

那些时光尘埃里的秘密

狗血的剧情往往都来自狗血的生活。兄弟俩爱上同一个女孩导致反目，似乎这样的剧情只存于《柑橘与柠檬啊》这样的故事里，然而它也发生在我们身边。到底兄弟之间的情谊，对一个家庭来说，显得尤为重要。生活中可能退出的是女孩，而电影里弟弟小托选择逃避，哥哥则义无反顾地保护弟弟。生活和电影傻傻分不清楚，因为那些迷离的情感都曾触动着我们。

这个城市每天都有故事上演，我们总会一不小心成为主角。兴许上一秒你还陷在沙发里看狗血电视剧，而下一秒，更狗血的故事就会哐地砸中你。

初次见你是在大木花谷，中国的普罗旺斯。你父母邀请亲朋去你家度假，我不过是因为父母出差，被临时托付给他们，于是这样误打误撞地进入你的视线。你在阳台上逆着光，冷冷地转了过去，自始至终没有打过招呼，我尴尬地站在你背后，猜想你的面容。

你表哥的出现总算使气氛有了缓和。后来我们聊到凤凰。每个女生都有个古镇情节，我梦里都牵挂着的凤凰，被你一句“商业化，俗”抨击得一文不值，于是对你的反感直线飙升。随后聊到网游，看你神采飞扬的样子，我毫不客气地回敬：“幼稚，玩物丧志。”

你说看我手机是什么型号，于是我们交换了手机。等我拿回手机时，你淡淡说了句：“我把我手机号存进去了。”我心里竟然莫名有点儿小欣喜。晚饭后，我在地图前教你记各省轮廓。重庆像小狗，甘肃像条鱼……你看得很专注，我趁机往你身边挪了挪，想了想又挪了回来。

女生的预感都是准确的，我等了一晚上的电话终于来了。你说了很多无关痛痒的话，为了打断你，我斩钉截铁地说：“嗨，我喜欢你。”我听见你在电话那头笑，然后模仿了我的话。于是我做了个伟大的决定，花光我所有勇气——接受异地恋，靠近你。

时间快得像花钱，两天后你回了上海的学校，火车载着你屁颠屁颠地走了，我哭得跟孟姜女似的，只是月台没有垮掉。思念无时无刻不在蔓延，分开的日子我的眼泪流成了一首诗。

我问你为什么不问我的过去，过去的我叛逆、出格，那时我好怕你会唾弃不那么乖巧的我，你却豪情万丈地说：“我不在乎你的过去，我只要你的现在和未来。”这句话的威力堪比原子弹，听得我头晕目眩。

国庆节时我的生日来临，你像踏着七彩祥云归来。我在你耳边轻轻说：“你归来的日子就是我的节日。”这是我人生最美好的一个国庆节，哪怕天天在马路边吸着汽车尾气也像吸了鸦片那样飘飘然。我骗你去为我偷挂在花园里的灯笼，笑你紧张兮兮动作笨拙的样子；我们勾肩搭背去看电影，在早恋的初中生面前大胆拥抱；我们带着相机在公园里照相，你负责照，我负责笑……我们都忽略了这段感情来得太冲动，必然要付出代价。

火车载着你轰隆隆地走了。我依旧哭得跟孟姜女似的，只是这次没哭垮月台，却哭垮了我们的感情。我存你妈妈电话好久了，竟然主动收到她的短信，那种紧张的心情现在依旧清晰，只是内容与我想象的祝福大相径庭。我才知道因为我让你们吵得天翻地覆，你表哥认为你横刀夺爱甚至不与你们来往。“你是个好姑娘，你们现在都还小，暂时分开吧。”瞬间我觉得我像哮喘发作，呼吸急促，思维凝固。

我给你打了电话，隐瞒了你母亲的介入，只是告诉你，我不想再继续了。一向冷静的你突然失去沉稳，不断追问我为什么。火车隧道里信号断断续续恰好隐藏了我颤抖的声音：“你以为你有什么值得我那么喜欢吗，一见钟情有几个能走到最后？我需要人陪，我厌倦了等待。你连现在都给不了，凭什么跟我谈未来。”我迅速拔掉手机电池，哭得肝肠寸断。

后来你多次找过我，我却没有再在你的世界里出现。我该怎么告诉你你妈妈说后悔让你遇见我，我该怎么告诉你在认识你之前你表哥追了我六年，我该怎么告诉你我亲眼看着姐姐不受家庭祝福的感情走得好辛苦，我不愿意你今后承受那么大的压力。

直到现在依旧有朋友不相信我们已经分手。我笑笑，不再愿意提及这段感情。很多女孩的心里都会爱上那么一个男孩，在最青涩的年华，看他白衣白马、仗剑天涯。然而当时的月亮曾经代表谁的心，结局都一样。我从不曾刻意忘记那些美丽的时光，而记得最真切的，是我生日时许下的愿望：10月1日，国庆节；10月2日，生日；10月3日，娶我。

（文/秦小入）

一个惊艳了时光，一个温暖了岁月

一转身就是一辈子，有些人离开的时候不要把门关得太狠，因为自己有可能还会回来。

分手第一年，书架上还留着我曾经买给他的书，封面上已经有了些许灰尘，看得出被遗弃有一段时间了，扑鼻而来的是檀香，还带着淡淡的玫瑰香，这是另一个女人留下来的香味。

当所有人都以为我们的爱到了开花结果时，他却携带另一女子出现在众人面前。背叛一个人要如何才能做到心安理得，我竟是最后一个知情者。似乎所有人都来看我的笑话，尖锐的眼神足以杀死一个人，我像个滑稽的小丑弄疼了自己。

我留在旧城痛哭流涕，恨他的薄情寡义，却死活也不愿离开。我抱着他还会回头的执念在旁人的劝解下毅然等他回头看我。那时的我以为一定可以等到他回心转意，当初那么相爱，就不信等不到他回头。

分手第二年，已经不再痛哭流涕，不再为他落下廉价的眼泪，但记忆还是一碰就会疼，不管笑得多开怀，只要提起他的名字便会笑容尽失。我还在奢望他能回头，无法重新爱上另一个人。那时候我真的害怕这辈子就这样悲剧下去。

分手第三年，我不再想念他，听到曾经一起听过的歌不会再哽咽。我开始找回了自我，可我还是会害怕在街头见到那抹熟悉的身影。那时的我还是没有爱上另一个人，当所有人都为我着急，我却还在高唱单身万岁，其实我知道那时心里还驻着那个已经变了心的人。

分手第四年，还会听到他的消息，听说他与她分手了，听说他回来找我，听说他过得不好。这些听说还是让我的心有些许涟漪。

分手第五年，他终于回来了，带着我最爱的笑容。可是我却没有了非他不可的狂热，时间过了，爱过了。伤口愈合了，伤痕却是一辈子的事。

一份承诺在最需要的时候没有兑现，就是出卖，时过境迁再去兑现，已失去了原味。爱，回不来了，我们之间有太多阻碍。我用时间证明了女人的痴情，但同时也证明了他的绝情。

分手第六年，他结婚了，听说对方条件很好。我成了他的前前女友，他结婚的那天，前女友闹到了现场。在那一刻我忽然发现当初我有多善良。

虽然我还是一个人，可我已经不像当初那样为他痴情，我想终究有一天我会遇到适合我的人。

分手第八年，我结婚了。迟了他两年，可我最终还是找到了属于我的幸福。丈夫是个很会过日子的男人，婚礼那天我哭了，我穿上了别人为我定制的嫁衣，牵着别人的手，成了别人的新娘。

分手第十年，听说他离婚了，家庭分歧太多。我已经忆不起他的模样，不悲不喜，分手了，我失去的也是他失去的，爱都泯灭了，恨更不可能存活下去。

分手第十二年，我终于实现了最初的梦想。我忽然想起了他，他终于以正派人物出现在了我的日记里。我找到已经很久很久不联系的号码发了一条短信给他：谢谢你离开我，今后保重！

分手第二十年，丈夫不愿我再在外面奔波，我离开了这个有年少轻狂的记忆的城市。当了全职太太，偶尔还会参加社交活动。

这些年来我一直都知道丈夫与我一样心里藏着一个不可碰触的人，只要他不提起，我就不会问。我们如此默契，都在爱情里受过伤，然后相互取暖，就这样温暖一辈子。

分手第四十年，我躺在床上，丈夫泪流满面地紧握着我的手，这是我第一次也是最后一次看到丈夫的眼泪。丈夫觉得有愧于我，让我吃了不少苦。可他不知道能嫁给像他这么好的人是我上辈子修来的福分。

我们彼此带着伤，彼此依靠，虽然有时候也会为生活的琐事争吵，可都不愿意放弃彼此，就这样过了一辈子。

我的一生遇到过两个人，一个惊艳了时光，一个温暖了岁月。我在时光里受到过伤，在岁月里找到了无尽的温暖，在岁月里所得到的正是在时光里所失去的。

（文/莫小青）

原来天长地久,只是一场误会

寒冷的冬天，鹅毛般的雪花随风轻轻地飘落，一个穿着白色羽绒服、白色靴子，戴着白色针织帽，拥有一双水灵灵的大眼睛、牛奶一样白皙脸蛋的女孩，用手接着飘落的雪花，笑得天真灿烂。好像从天而降的美丽天使。

记忆里你的声音那么甜、那么美，你最喜欢唱《不该相遇在秋天》，我们没有相遇在伤感的秋季，我们相识在雪花飘落的日子，我们相约在浪漫的冬季。可是冬季也有太多悲伤的故事，每个故事应该都会让人刻骨铭心。那个冬季遇见你，于我，寒冷的季节却变成了最温暖的季节。然而当冬天再来，你已不在，我学着你的样子，堆好雪人，围上大红围巾，画着你的名字，一笔一画，字字锥心。

总以为时间可以冲淡一切，以为岁月轮转之后就能将你遗忘，然而每次我想用力遗忘你时，你的容颜在脑海里就愈加清晰。想起你生气时嘟嘴的模样，想起你向我撒娇时的细声软语，想起牵着你的手逛街的场景，想起你在我身边时的所有美好。是的，回忆太美好，美得让人不忍遗忘，美得让人心痛。

想你，无从诉说。心痛，也无处可说。每当翻开我们的爱情纪念册，我就忍不住想痛哭一场，可是哭了又能怎样。哭到嘶声力竭，是否就可以把你挽回？哭到喉咙沙哑，是否就可以改变你父母的态度？

那个冬天，你给了我最后一个拥抱，最后一个深吻。我知道，我们的故事到此就结束了。我多么希望时间可以定格，哪怕我们变成雕像，生命就此结束，你就不会离开我，不会有以后我因你画地为牢的日日夜夜。

转身离开时，你含泪说“我会永远把你藏在心里”。我站在原地，久久不能动，我怕一动这颗正在颤抖的心就碎了一地。我能怪你什么，只恨自己无力改变现实，无法给你最好的疼爱、最好的幸福。

你已经选择放开我的手，我深知没有资格再去勉强你留在我身旁。苍白无力的挽留，苍白无力的渴求，在你面前我一直都苍白无力。学历不如你，家境不如你，外貌不如你，我唯一比你强的，就剩这颗爱你的心。你能走进我的生命，已经是上天对我最好的眷顾，我从不敢奢求你能够和我共度一生。

我知道我们会有这么一天，从我们开始交往的那天我就做好了你终将离开我的准备。然而我准备了那么久，却始终抵抗不了告别时，这万箭穿心的伤。你说会和我相爱一辈子，不管时光飞逝，还是容颜苍老，彼此永远不放开对方的手。可如今，这誓言只剩我一个人在守候。

原来天长地久，只是一场误会。

（文/中华傲雪寒梅）

听一次花开的声音

一生经历一次青春，目的只是听一次花开的声音，看一次花落的寂然，然后散场……

那天，你告诉我，你快要结婚了，那一瞬间，我仿佛听到心被撕裂的声音，清脆的声响似乎撕裂了灵魂。我知道，我们的结局只能是这样——此生两两相望。

看到你们的婚纱照，身着白色礼服的你依如往昔那般帅气，袭一身洁白婚纱依偎在你身旁幸福微笑的新娘，却不是我。我不知道该说些什么，只能祝福你们，简单的寒暄之后，逃离你的视线。因为你说和她一起的每个字，都会牵扯我的心，一丝丝地疼痛。

想起与你相处的点滴，压抑的思绪窒息了心灵的疼痛。原来，假装微笑的祝福要比流泪的挽留更加让人痛彻心扉。

世间繁华如画，只是，断了记忆，散了年华。

抬头看，又到了一季人间三月，满眼繁花。清晰地记得，去年三月迎春花开放时，是你携手伴我痴醉于迎春林，而今又到三月花开，怎奈，花始绽，人已远。

我知道，过去的种种，只能像流水般逝去，永远无法再追回。可我，还是会忍不住地想把它从记忆的海洋中打捞起来，哪怕只是一点一滴。我明白，即使我留住了记忆，也终究留不住你……

也许，命运早已注定了我们只是彼此生命中的过客，虽然，我们也曾有过美丽的相遇、幸福的相依，我们终究没能握住那灿烂的阳光，让光明永留。当繁华褪去色彩，留下最原始的黑白，才无奈地发现，原来结局早就被定格在了遗失的那一刻。仿佛这么长久以来的经历都只是一场短暂的美丽童话。

当初，你我相逢在青春的路口，轻扣指尖，说好要一起等待岁月荒老，那时以为这场相遇就是我们爱情路上的最后一个路口。可是人生总是充满未知，一切美好都如昙花一现，转瞬即逝。十字路口，你向左，我向右，此生，终究是错过了……

与你之间所有的一切，总是不想轻易掀开，也不想轻易示人，可是，我却能够透过岁月的窗口，看见我们的过去。所有一切，依旧鲜明如初，而曾经的许诺人，却早已渺茫了踪迹，只留下空壳般的誓言，游荡于黄花凋零的世界里。

我昨日的爱人，今日怕是又为别人许下了新的誓言，只是不知，你予她的，可是与许诺我的一样：死生契阔，与子成说，执子之手，与子偕老……

如果当初我够勇敢，结局是不是会不一样？如果当时你够坚持，回忆会不会不这样？曾经天真地以为爱能超越一切，却不明白，世上还有另外一种力量，叫做命运。

当时光划过，留下记忆的沧桑，你是否还会想起初遇的场景。埋藏在心底的故事又微微泛起涟漪，流连昨日，却始终逃不过明天的来临。是谁的挽留，又是谁的叹息，徘徊在那挥之不去的记忆里，如参禅在青灯下的古佛不说话，始终不颂半句梵音，却总是无法走出心中的围城，积聚在心中，不知该何去何从……

或许，遇见、离散都是定数，曾经的缘分，早已被岁月更改。时光，也在我们的念念不忘中，渐行渐远，经年的莫失莫忘，也只是生命中刻骨铭心的一笔。有人说，尘世间有多少人来人往，就有多少擦肩而过，就有多少刻骨铭心。一些风景再好，也不属于自己。

有很多回忆注定会被时光搁浅，当从前熟悉的容貌在时光的奔袭中逐渐变得模糊，我才明白，有很多东西注定避免不了如烟花般短暂地消逝。

曾经期盼的美梦，只能像蒲公英一样，飞舞在青春的天空中，剩下枯萎的根茎，再也找不到当初。

有花开，就会有花落；有故事，就会有结局；有相逢，就会有离别。

人生或许本就是如此，痛苦中徘徊，失去后懂得。结局既然已被命运书写，或喜或悲，我们能做的，大概也就只有接受了。

真心地祝福你，我曾经的爱人。

（文/蝈蝈）

曾经的海枯石烂，抵不过好聚好散

我是一只飞蛾，而你是那团炙热的火，遇见你，为你痴狂，为你颠覆世界，为你不顾一切，为你只艳烈一刻。因为深爱，所以伤痛，我愿用一辈子的倾城时光，换你一个不会回头的无望。

爱情便是如此，相爱不一定相守，相守不一定白头。那些以为渗透生命的旷世绝恋，也抵不过命运开的一个玩笑。付诸生命的爱，是轮回不了的情，烂在心里的不舍，要决然地放手。不是每一段恋爱都可以天荒地老，那些说过相伴到白头的话，都只剩一个人坚守。

我们都在如花的年纪里，对着大海，对着天空，对着身旁的人，相互许下过此情不渝的誓言，只是后来我们才懂，正因为年少轻狂，将那些美好的蜜语说得苍白无力。

初遇时，误以为刹那间的凝眸，便可以生生世世，亘古不变。某年某月的某个瞬间，突然惊醒，一起走过的路，只是沿途留下了属于对方的回忆，欢愉了彼此的青春，终究逃脱不了转身诀别的命运。

也曾傻傻地误以为，离开了爱情，离开了誓言，离开了回忆，人生一世的漫漫长路只剩自己孤单熬干生命。曾许过的山盟海誓，让我们固执地认为只要坚韧地等待，固守原地，总会换得回心转意。自欺欺人的伎俩，可以欺骗别人，可以欺骗自己，但奈何，欺骗不了自己的心。

曾经以为只要相爱，就会走过千难万险，陪伴到天长地久。最后才明白，年轻的人，谁不曾说过天长地久；风云变色，都是用刻骨铭心换一句，勿念，安好。

爱情便是如此，不是每个故事都有美好的结局，现实不属于童话，王子和公主离我们太远。爱了，便笃定结尾都是一个伤、一个亡，只剩凄凉在装点悲伤。曾许过的海枯石烂，也只能落得个好聚好散。

人活一世，总会被突如其来的缘分砸伤，有些缘分满地生根，扎进了彼此的生命，有些缘分只是南柯一梦，瞬间便消逝成了萍踪过往。有些人与人擦肩，注定同行；有些人与人邂逅，转身即忘。

我们只是红尘之中的一位过客，某一天，你也会在某个瞬间如山涧烟云般消失不见，而我也只能在茫茫人海中一次次寻觅，渴望找到一丝属于你的气息。世界便是如此讽刺，一个不停寻找，一个不停奔跑，在那些近似疯狂的举动中，除了不想放手，更多的还是那一抹抹不去的不甘。不想放弃曾经深刻的爱，不甘说好的一辈子陡然间换成了一句再见。只是一句再见，就将誓言碎了一地，好聚好散过后，如此残局，该怎样收捡。

其实人本身是不害怕死亡的，只是在后来的生命旅程中，遇到了太多牵绊的人，所以在命运的尽头，那么害怕离去，害怕消散，害怕生生世世再不得相见。我们过得每一天，都在以年轮的漫长来细数时针的旋转，我们都会在相互道别之际做出一些惊心动魄的却又让人难以理解的事情，企图在聚散之后，在彼此的心中留下一个影子或是一道永存的记忆。

人的一生总会有注定错失的姻缘，和你携手相伴的人或许不是你想要的，但你还是要强忍着咽下苦涩，相安无事的生活。所以彼此厌倦并不是谁的过错，只怪造化弄人，无端生出这么多痴男怨女，不得尽如人意。梦回前朝，陆游如是，唐婉如是，我们在不停的迷茫中寻求结果，但总是朦胧的，恰如那些不被记起的情感，找不到年轮的归宿，总是容易被流光消逝，用一生的容颜憔悴去等待一个不可能有结果的结果。

有人说，爱情使人忘记了时间，时间使人忘记了爱情，而我们的曾经是否在时间中被遗忘。时光化沙，为何那个曾经习惯了平淡的你又开始向往不羁的飘浮。同你坐拥过年华如锦，现在也不得不选择在十字路口背道而驰，再也没有交集。你是一只飞鸟，注定会在云端睥睨天下，而我只能默默地接受着被仰望的高度。其实海枯石烂，沧海桑田都不过是在彼此之前自掘一片汪洋，我们无法泅渡。我们站在两端，决然离去，心狠也罢，心伤也罢，原来这梦幻般的话语都给了彼此一个转身的借口。

我们都会明白，爱情不是生命的全部，那些不肯谢幕的故事也不可能开出天荒地老的花。

有一种爱叫放手，放弃你的固执，放弃你的仇恨，放手成全他的幸福，放开自己的心。不论当初如何相爱，最后都要给自己留一个美丽的悬念，处于劣势的悬念也总会演绎出最扣人心弦的情节。

在爱情的世界里，没有谁对谁错，亦没有谁赢谁输，没有谁亏欠谁，没有谁一定包容谁，亦没有谁一定需要依赖谁。有些路，累了困了，学着一个人走下去。不是没有他，我们就有理由颓败，我们就找不到光明，就像生命是一段旅程，我们不可能停止脚步。就算瞬间失去了一切，生命中有些人有些事，毕竟只是匆匆过眼云烟，会迅速消散，我们又何必伤心不舍放弃一切呢！

爱情亦是一段旅程，每经过一个地方，都会遇见不同的人，而上车下车都面临着分离。我们都属于羁泊，那些说过要陪你飘浮到底的人，在下个路口，也会决然离去。到了该离别的时刻，我们不要苦苦纠结着不肯离去，未必会让你快乐。所以，学会放手吧！爱情也不一定要海誓山盟才是好结局，好聚好散也是一种淡然。人生这段旅程毕竟只有单程车票。我们谁也回不了头，你要坚信，或许，就在下个转角，会出现一个人，陪你走完下一段旅程。

（文/栗子）

你还未来，我怎敢老去

我伏在书案上画远山，连绵的，被烟云笼罩着的，也画天空，天青色的。

别人描眉，我描画，把我的心事描摹在笔下，描摹得像远山那么长，绵延着，没有尽头，更像天青色，不明不暗。只是，很多人知道天青色在等烟雨，却没有人知道我在等候一场爱情。

抬头看窗外，有一弯月亮悬挂在夜空里，多像君微微上扬的嘴角，溢出了一抹笑意，撩拨着我的心弦，颤动着，能听见回音！好久不见，君，可好？

春天来了，柳树已抽了新枝，为春添上一抹新绿，我也买了新装，藕荷色的，穿在身上，似有几分妖娆，发已及腰，倾泻如瀑。我坐在轩窗里描画，描摹着我的心，让满纸都铺陈开我缠绵悱恻的心事，想着君的手何时可以穿过我的发。长发为君留，君何时才能为我轻轻将之绾起，拢成云鬓？春暖花开了，我们的爱何时也能开出鲜艳的花朵？开在流年的两端，一端是郎情，一端是妾意！

君知否，再不开花，我就老了！还请你早些来寻我，我会告诉你，我在何方。

运河河畔，请君记得穿过一条铺着青石板的小巷，转角的地方，请留意一家名叫“光阴”的咖啡馆，那是我常去的地方，我时常坐在临窗的位置，静静地想你。那里有一张我的黑白照片，被多情的店老板装帧在相框里，挂在雪白的墙壁上。君看一看，是否已有了岁月的痕迹？老板说我有三毛当年的味道，照片上，我穿着亚麻的宽松衬衫，长发自然地垂在胸前，一只手托着腮，一只手端着杯子，咖啡升腾出的袅袅雾气，氤氲了我的半边脸，看不出悲喜，眼睛幽幽地看向窗外，见过照片的人，都说真的像三毛。只是，只是三毛有浩瀚的撒哈拉、有荷西，而我只有无尽的相思，什么时候才能拥有你？

君再沿着咖啡馆向西走百米，便会有馥郁的香气盈满你的袖口，那是我窗前的蔷薇花开了，一朵朵缀满枝头，开得无比娇羞，淡粉色的，像我想你的时候偶尔飞过面颊的两朵“桃花”。看见那栋古旧的木楼了吗？我就住在那阁楼上，倘若你站在楼下叫我，我便会探出头来，对你嫣然巧笑，只是不知我的模样，可是君心头上的盈盈仙子？我想，彼时会有鸟儿飞过来，落在你的肩头，凑近你的耳朵，告诉你我的一些小秘密。告诉你我喜欢站在窗前，看远山，看日出，看日暮，掐指算着君大概何时能从山的那头，慢慢走近我，与我在窗前品茗……

“沙沙沙，砰砰砰”，是晓风卷起落叶敲击窗棂的声音，恍惚间，我以为是君正叩响我阁楼上的门扉，心像要跳出来似的，扑通扑通。

滴答滴答下雨了，雨从天幕上落下来，落在了那条青石板铺就的小巷，今夜，小巷一定也和我一样寂寥，一任自己的心事在慢慢流淌，这头看不见君的面庞，那头看不见君的背影，怎能不寂寥？

君再不来，我便真的老了！君可知，纵是如花美眷，也抵不过似水流年。如若我真的老了，你再来寻我，我便永不相见！躲进深山老林里，也不让你看见我被岁月蹉跎的容颜，因为我怕你的手抚过我的发，看见白色，因为我怕你的目光，落在我的脸上，看见那被光阴雕琢过的痕迹……实在想你了，我就躲在无人的角落，偷偷看你，把你写进装满粉红色相思的日记里！

女儿的心事写给岁月，写给自己，还想写给远方的你，不知君能否知晓爱情的玄机！

低头，已有一滴清泪落在了宣纸上，瞬间晕开了远山顶上的一处墨迹，那形状多像一只似曾相识的燕子呀，扇动着轻盈的翅膀，从远山的那头翩翩而来……

（文/月满西楼）

我爱你，与你无关

聪明豪爽的秦淮女子马湘兰爱上了那个在自己危急时刻出手相助的人，从此眼里再无他人。他在她眼中是专情君子，是可以依靠的大树，是浮萍的支撑。然而当王穉登写下这样一段话送给她时，她才明白非也，“卿鸡皮三少若夏姬，惜余不能为申公巫臣耳”。

也许有人不理解这句话的意思，据我了解大意是这样的：“你今天20岁，明年18岁，真像传说中的夏姬，可惜我不是她的情夫申公巫臣。”她当他是一生的陪伴，他只当她是个长得迷人可以当情人的女人，还拿她与古代最为放荡的女子夏姬相比较。尽管如此，她已爱过、等过，心里再无法容下其他人，所以，一生执着。后人评说时有人说痴情，有人说傻，我却认为最精彩是那句“我爱你，与你无关”。

距离产生美，他们不是日日待在一起共同抚养子女、赡养老人的夫妻，会因琐事消磨浪漫，一个在秦淮畔边看淡离合悲欢，一个则人情练达，游走于南乡北地。所以，爱情如酒般在时间里酝酿出虚幻的美。想爱的心情常有，值得爱的人却不常见，所以人们通常会用自己非凡的想象力创造一段超现实的爱情，其实是爱上了爱情，王稚登则幸运地成了爱情的寄托者，享受着几乎不用任何付出地被深爱着的宠爱。

曾有一段时间特别喜欢张爱玲，却对她爱胡兰成这件事耿耿于怀。一直疑惑胡兰成到底有什么样的魅力可以让才华横溢的才女动情？后来看闫红《她们谋生亦谋爱》中有这样一段话：“她需要爱了，就像花需要开了，她作为女子的千娇百媚需要寻一个观众，若不能情逢对手，她就拿一个现实的人来做包装，用自己的想象将一个可能的人包装成她希望的样子。”而恰好，那个时间胡兰成出现了，这段爱情之所以不美好在于张爱玲的遇人不淑，她没能像林徽因遇见梁思成、三毛邂逅荷西，看起来结局完美。换个角度看，一个未谙世事、无任何感情经历的小姑娘，遇上有些文采有些名气且老练的情感老手，她又能有几多抵抗力呢？其实，早在胡兰成给她看自己写的和别的女人的风流韵事时，她就明白自己爱错了人。但，那又如何，她爱的早就不是他，是爱情。我想之所以后来还联系，还出手帮助，大抵是不忍心让自己爱过的人太不堪太落魄，和一些人用旧的毛巾却不能当抹布是一样的道理。

很多人大都是这样，看起来爱的情深意重却极少是真正爱那个人，最爱的，其实是心中设想的那个他。所以那个人出现了，就把自己的伴侣改造成理想中的样子，却不知你竟也不是人家理想中的样子，岂肯轻易改变？矛盾由此产生，另外一些人则看透了这些，所以由着自己由“剩男剩女”变成“黄金白银圣剩男剩女”。

人们有时候会突然羡慕“同心而离居，忧伤以终老”，因为得不到的总是最好的，别不信，要不那首《红玫瑰》怎会那么受欢迎？“得不到的永远在骚动，被偏爱的都有恃无恐”，只因它唱出了很多人的心声。实际却是，繁花流水风景看透后，你还要和你爱的人看细水长流，你不得不面对真实的他和自己，面对他思想奇怪的父母，面对你们过年回谁家的问题。难免有很多人会由痴恋转为抱怨，由浪漫转为平凡。更有甚者会撕破脸皮、穷形尽相，不尽感慨浪漫的事是没有后来的事。当然，凡事有例外，那种在一起很多年外表看起来依然很幸福的也有。

我是个凡人，一个没有才能没有美貌和身材的女子，更不会耍弄人心的手段，却也不愿意忍受爱过的人最后相互难堪，所以看到她们对待爱情的方法竟觉得很聪明。既不伤人，也不破坏我们心目中的美好爱情形象，实在不行拿来用用也未尝不可。

不强求，不撕心裂肺，认真喜欢认真爱，欢喜的时候就开心地笑，真真切切地爱着，如果真的走不到最后，恋人离去，哭过痛过告诉自己，只是爱了一场爱情。没有卑微、没有不堪、没有辜负，甚至不需要谁说对不起。

我爱你，但，与你无关。

（文/刘小兔）

你是我不能言说的伤

起风了！

这个冬天毕竟还是孤单的。即便有云影闲步，即便有飞鸟掠空，失了雪的冬，连空气都布满了阴郁的灰色。

身在斗室，风呼啸着撞击着我的门板。这是要把我的栖居之所连带我一块儿毁了吗？这风，吹在腊月，似乎一切都已经被吹尽了，“呜——呜——”只有单调的风声，像沉重的叹息，一遍一遍……

陷身于风尘俗世，平静到麻木，这风破门而入，浩浩荡荡地拂过面颊，身子蓦然就凉了，激灵一下，人居然清明了许多。起身，闭门，把惊扰我心的不速之客关在了门外。屋子里空荡荡的，半杯茶还在桌上，就摆在手边，何时凉的，早就忘了。

人未走，茶已凉。

只有窗外呼啸的闲风和半帘日光影。心底没来由就荡了一下，像一件泛着琉璃之色的瓷，落地碎了。那声音落在空气里，清冽纯粹，瞬间在心上深深浅浅地刻下裂痕，丝丝地疼着。还好，有疼的感觉，终于有了自我存在的意向。像一株匍匐于淤泥中的细草，终于抬起了身，挺起了一片嫩叶，颤巍巍的叶尖挑着一滴露。

不知从什么时候起，我的文字不愿意听我的使唤，敲打出的全是忧伤。我何曾这么不知所措过？不说了，不再言说。身在尘世，多少烦琐让每个人都疲于应对欢喜悲哀，而我就让自己一个人的事情，这一切落在全部文字里吧。落在一笺素纸，那时光也便一块儿沾了素气。原谅我在素色里调进伤感的色调。喧闹的人群没有忧伤，颓废的奢华没有忧伤，只是，那些不是我的立身之所啊。我要一个人，看山野寂寂，看离离荒草，无须多语。远天、流云，陪着就好，不陪，也便自去寻欢，无须懂我的忧伤！

每年过了腊八就摸着年的门楣了，那心，不期然地也就有了戚戚惶惶，是自小养成的习惯。习惯一旦形成，也就很难改了。像生活的细枝末节，像一段找不到出路的感情，要改，势必伤筋动骨。那时的过年，我总是羡慕地看着别的孩子美滋滋地数着年的喜悦，而自己却躲在角落胆战心惊地倾听家的方向是否还有争吵的惊悸。日复一日，年复一年，望年堪忧，望年胆战！

不说，不再言说。有些人可以把伤痕拿出来示众，如一幅作品，博人怜悯；而有的人受伤了，只愿意在阴暗的角落里躲避着，像害病的眼睛怕光，怕人盘问，怕人怜悯，怕人教训，定要装着若无其事，而那伤口揭着就痛，每到一个特定的时间场景，自己便会显了出来。

人生须臾，我只是万物中的一粒尘芥，这一年又将过去。多少过往执念，都该收一收了。把在生活熔炉里烧得滚烫变形的自己往清水里一放，冷却，凝固，生硬，便实了心了。抓住的，抓不住的，拥有的，失落的，落在时光里，早是旧貌新颜，该来的总会来，该走的就随他去吧。

其实，一切都好！

时光在老，镜中曾是如水的清颜也早已揉进了沧桑，自然地老去，有什么不好？

其实，这样就好！

安静地依着时光，不赴约，也不等人，数着指间的光阴，来了的，去了的，全都随缘！

（文/嫣然）

谢谢你，赠我一场空欢喜

“君不行兮夷犹，蹇谁留兮中洲？美要眇兮宜修，沛吾乘兮桂舟。令沅湘兮无波，使江水兮安流！望夫君兮未来，吹参差兮谁思？驾飞龙兮北征，邅吾道兮洞庭。薜荔柏兮蕙绸，荪桡兮兰旌。望涔阳兮极浦，横大江兮扬灵。扬灵兮未极，女婵媛兮为余太息，横流涕兮潺湲，隐思君兮陫侧。”

让我前去迎你，在芬芳的桂舟之上载满相思，载满千言和万语。请你不要迟疑，这个传统，曾是闺房里流传的秘密，是所有女人都向往的——愿得一人心，白首不相离。

纵然世人要把《女诫》奉为圭臬，也不能阻挡花朝节上落下的手帕、西湖上的精巧的纸伞以及我为你前行的勇气。我只祈求与你煮茶赋诗，待我素手剥莲，伴你临帖抚琴。从此便饰你喜爱的梅花妆，染嫣红豆蔻，着绚烂彩衣。往我的眼里装些你的影子，它便有了神采，也请你用这一生，为我扫一扫这淡了的蛾眉，相伴相持，天长地老。这样的生活似井，纵然两个人只能在这狭小的井中相爱亦觉比过天堂美丽。可儿女情长并不能成为两个人的绳索，你曾是飞鹰，我怎可如此自私地以爱的名义、用誓言束缚你海阔天空的心。

河流奔腾向南，你溯河北上，我一路追随到洞庭江波。你可曾看到，我舟上布满的薜荔与溪荪，那是你曾为我插在耳畔的；你可曾看到，我舟上散落的兰草，那是我曾给你戴上衣襟的。我要同你一起飞，怎么说我没有远方，从来都是与你同仇同泽。怎么说我没有翅膀，从来都是与你同袍同裳。我开阔的水面，使你行路平稳；我抚平波浪，让你保持芳香。

我眺望长江的另一边，依然不能见到你的身影。你可知，我就是这河上的堤坝，万千路人早已于我成风散落天涯，而你是不断的江水，终是恩泽延绵成就我安命于在水一方。

自从遇到你啊，我终于能读懂排箫里的悱恻，那夜里纠缠我不散的乐曲啊，每每总让我哭湿眼睛。恍然又见与你抵足夜谈的时光，原来那夜的烛火早已预见这悲怆的如今，它为我们流了多少泪，如今竟都是要加以数倍奉还回去的。

巫女啊，请不要为我叹息，如果与你欢乐一时便要倾覆一世的泪水入江，那我也要独自接受这惩罚，绝不愿让你也尝到这思念如刀般搅心断肠，你看我所能为你做的，只能是护你免受苦痛折磨，为你渡一世的安稳幸福。如此而已。

“桂棹兮兰枻，斲冰兮积雪。采薜荔兮水中，搴芙蓉兮木末。心不同兮媒劳，恩不甚兮轻绝。石濑兮浅浅，飞龙兮翩翩。交不忠兮怨长，期不信兮告余以不闲。朝骋鹜兮江皋，夕弭节兮北渚。鸟次兮屋上，水周兮堂下。捐余玦兮江中，遗余佩兮醴浦。采芳兮杜若，将以遗兮下女。时不可兮再得，聊逍遥兮容与。”

我在江岸停驻，鸟儿停在屋檐，溪水流过小屋，这里的一切多么美好，可对我依旧是陌生而遥远的。我想天下之大，独有你的气息才能让我安心，独有你的羽翼才能免我流离。可为何，你还是不与我相见？是不是我错了方向，与你走失在这偌大山河；是不是你不幸负伤，无法赴约彼此咫尺天涯。难道这一切都只是我一人臆想，难道说我们的缘分就此散尽，你怀中早已有其他姑娘为你织锦焚香？

你若要弃我而去，也请来与我好好道别。曾以为对你的深情足够支撑我拥抱那来日美梦不复苏醒，可奈何夜色太黑、道阻太长——我采撷香草，香草也会腐朽；我望穿秋水，秋水也将寒凉。在被幻想支撑着的日子里，我想的念的惦记的，不过是自我编织的一场虚无缥缈的美梦，而这美梦终将会醒，露出狰狞面目，而我又怎能恨你、怨你、忘记你？

《名医别录》中说山姜能“令人不忘”，我采集了许多，现在却不能送你，我会将它交给侍女，请你再去与其他姑娘赌誓盟约。你难道还不了解吗？我鄙薄因悲伤流露的央求姿态，也决不会咒怨你不守信约。我把你离别前送我的玦抛入水中，也将与你成对的玉佩丢在路旁。就当是情深缘浅，聚散无常。

世上最是相思无人在意，原来此前欢喜，皆是一场虚妄，就像波涛翻滚过再难留下痕迹，就像我的船驶过再难回到曾经以往。

纵然自你之后，难再有他人与我共度这良辰美景，可我还是要谢谢你，赠我这场空欢喜。原来待到这欢喜用尽时，我才突然明白，要感谢的还有我自己，虽然这空是你赠予的，但这欢喜终究使我的勇气成全了自己。

（文/马丽娅）

恋恋不舍篇

你的世界，我只是路过的幸福

最糟糕的感觉并不是孤独，
而是你难以忘怀的那个人，
彻底把你忘记了。

曾经无话不说，如今无话可说

车站里一片喧嚣，而她却感觉如此寂静，仿佛身在只有自己一个人的世界，听不到任何声音。这是她第几次坐上去那个城市的列车，连她自己都记不清了。她从来都不会收藏那些车票，因为在她的内心深处，终点就是通往幸福的地方，没有必要用转瞬即逝的东西来填充回忆。

天空哑然失色，寂寞的声音，像漂流在大海上的孤舟，那么孤单。她撩起额前的刘海，用忧郁的眼神望着窗外的一切，细雨如流丝般滑落，像极了她的心。眸子里的落寞，充满孤寂抑或是期望，此刻，她的心里一定很纠结，从她不停变换的表情里就可以看到。

那个有漂亮睫毛的男人，是她一生的所爱。她想，她可以为他付出一切，乃至生命。他喜欢她的眼睛，他说，她是世界上最美丽的拥有黑色瞳孔的眼睛。那种可以将人的灵魂穿透的深眸，直愣愣地摄入人的内心。

她望着车窗外荒芜的山岭，像是望到了自己的归宿，一望无垠的绿色都被灰烬替代，她的心似乎被燃烧了整个世纪。于是，她转过头来，倚靠在后背上，仰着头，慢慢而又绝望地闭上双眼，思绪被拉回了那个狰狞的晌午。

那天，阳光烂漫，她穿着宽大的纯白色T恤，刚好可以遮住臀部，光着腿，穿着一双黑色的夹指拖鞋。披着一头长发，直到腰际，零散地披落，像一群海藻柔软而寂寞。

她安静地坐在床前，旁边的桌子上放着一杯沏好的咖啡。她从来不在咖啡里加糖，因为那种纯正的苦，像极了她的生活，越品越浓。

她没有说话，眼睛直呆呆地盯着前方，闪烁着冷冷的寒光，直射在冰冷泛白的墙上，没有一丝温度。他坐在靠墙的位置，也没有说话，他想，他们之间，或许真的没有什么可说的了。这几年的感情，他和她都曾付出真心，然而，为什么现在他们之间像隔着一道无法逾越的鸿沟，再也没有言语可以沟通呢？曾经无话不说，如今无话可说，这就是距离吗？

此刻的她，已经感到彻底绝望，内心的疼痛已经让她的身体失去了知觉、失去了平衡。而他，无动于衷，认为那是她装出来的楚楚可怜，或者是她故意使出让他博取同情的伎俩。不知什么时候，她在他眼里由那个天真的女孩变成了有心机的女子。原来，他始终是不懂她的。

情人节那天，他第一次狠狠地给了她一拳。这一拳，打疼了她的心，撕碎了她的灵魂。从此，身体和内心都破碎不堪。

那夜，天空布满乌云，没有一点声音，就像站在一个荒无人烟的野岭，她独自舔舐着自己的伤口。那种落寞、心痛，还有绝望，无处言说。

她拖着疲惫的身体，躺在床上，蜷缩成一团，泪水，顺着她的脸颊滴落在床单上，湿了一片。她哭的时候一直都是安静的，一点点的抽泣声都不曾发出，她不想让他看见自己的软弱，更不想让他怜悯自己。而他扭曲的想法，让他跌落在思想的深渊无法自拔，没有了任何回转的余地，他愤怒地看她了一眼，拿起包，绝情地摔门而去。

她含泪的眼睛绝望地看着他离去的方向，心，碎了一地，凄凉了整个夏天。

他走了，带着怨气和愤怒走了。她挣扎着，用尽了全力支撑着身体爬起来，穿好衣服，沉重地向医院走去。是的，她的虚弱是因为真的生病了。

看着针头刺入血管的那一刻，冷冰冰得像要抽走她的灵魂、吞噬她的生命。医生让她躺在床上，她望着天花板，感觉这天花板仿佛就在她的眼前，让她喘不过气来，似乎要窒息一样。冷冷地看着药物顺着细微的管子流入自己的身体，有那么一刻，她想到了死。这样，她就可以摆脱爱情的困惑、生活的压力以及痛苦的折磨。她可以去另一个地方，享受一切美好的东西。无关爱情，无关痛苦。

她曾经告诉他，你是我这一生中最爱的人。“亲爱的，我也会一辈子疼你爱你，永远都不离开你，保护你，呵护你。”他也认真地说着，深情地看着她，抚摸着她的头发，吻着她的唇。她甜蜜而温馨地笑了，这是她听过的最温暖的话了。

而如今，他们像是两个世界的人，谁也容不得谁在自己的世界里嚣张。

列车马上到站，她拿起手机，拨通了他的电话：“你在哪里，我快要到了。”“好，我一会儿去接你。”然后彼此沉默，她默然地挂掉电话。

走出车站，空气很好，不像列车里那么沉闷，她张开双臂，抬起头，闭上眼睛，尽情地感受着这里的一切——这里的生命以及爱的人的气息。有一种突如其来的奇妙的感觉蔓延着她的全身，打开她的每一寸的肌肤，从毛孔里呼吸。

他站在她的身边，用一双无神而透彻的眼睛望着她，淡淡地说了声：“走吧。”于是，她就像一只听话的猫咪跟在他后面坐上了回家的车。

吃饭的时候，他仍然记得她忌口的东西。她看着他，不知道是该开心还是该难过。可是，他们之间，依然没有任何言语，彼此心照不宣。这或许，是他们现在唯一有默契的地方。

其实两个人在一起，爱情本身就是一种默契。如果没有爱情为起点而建起的支撑关系，别说几年，就是几个月也无法坚持下去。可是，两个人在一起，不是只有爱情就能延续，更多需要的是彼此信任、宽容、理解和那份执着的信念。

她看着眼前的饭菜，眼泪不自觉地流了出来。此刻，她有怎样的想法，他已经懒得想，一切都视若无睹。她的心渐渐变凉，人心就是这么善变，曾经你只咳一声马上就嘘寒问暖的人，如今你在他面前泪流成河也无所谓了。

她想尽快结束这场纠缠，这种陌生让她不寒而栗，让人窒息得像是要走到生命的尽头。

他的生活，像一个潜逃的囚犯，自尊在那里都被撕扯得不成样子，他出卖着自己的灵魂、耗尽着自己的生命、蚀毒着自己的身体，如同行尸走肉一般。如他说的，他是在给别人当牛做马。然而，这并不能说明他就不应该有独立的思想和灵魂。

最开始在她眼里，他是个有能力、有抱负的人，她喜欢这样的男人。但是她渐渐发现，他成熟背后的虚伪让人觉得可笑，甚至是滑稽。

房间里特别阴暗，潮湿的空气中散发着腐朽的味道，她随手拿起桌子上细长的铁丝，向手腕划去，力道不重，她不是要自杀，她只是想瞬间清醒，拯救心里的那份醒悟，从疼痛中摆脱出来。

她说着一些违心的话语，说她要离开他，永远地离开，不再回来，不再闯入他的生活。他面无表情，无法猜透他此刻内心的想法。她记得他曾经打电话告诉她，在她上次转身的那一刹那，泪水流了一路。而她的心已经麻木，不再相信这个曾经爱过的男人，他的虚伪和狡猾让她觉得可怕，说不定哪一天他就会将那些可怕的手段用在自己身上。事实上，他已经将她掌握在股掌之间。

她只想过简单快乐的日子，而他，给不了。

她最终坐上了返回自己城市的列车，泪水再次划过她的脸颊，坠落在她的手心。

她想，这是最后一次为他流泪，以后永远都不会了。

同样的风景，荒凉的山岭，地平线的尽头充斥着寂寞的空气，晚霞已经散去，傍晚的昏黄已然，树上鸣叫的鸟儿，让沉浸在悲伤边缘的她清醒了许多。

她依旧披着长发，柔顺的发际略过耳边，清晰明亮的轮廓以及黑色的眸子，在黑暗中填充着一份安然。她沏了一杯苦咖啡，坐在窗户旁，眼睛默然地望着黑夜里的苍穹，如水的月光倾泻下来，刻在她的脸上。

在极度黑暗的房间，他点燃了一支烟，烟雾随着空气流动在整个房间，在潮湿的空气中充斥着寂寞的影子。他落寞的眼神，突兀地发着呆，茫然地看着撒满烟灰的地面，它们都是寂寞的见证。烟雾缭绕的空间，孤独地守候着自己的灵魂。他第一次觉得，这个房间是如此冰冷，没有温暖的气息，更没有爱情的气息。在他的笔下，他们之间的爱情如同一座海市蜃楼般，高不可攀的幸福，没有悬念，毫无疑问地必将很快走向分离。

分离，对他们来说，都是异常痛苦的事情。他爱她，却不能拥有她；他爱她，却不能给她想要的简单生活。这世间难得不是相爱，是怎样融入彼此的生活。

（文/浅安）

断了记忆，散了年华

岁月无声走过，留下斑驳痕迹，是愁，是叹，终不过一纸繁华，归入书画。

记忆的身影，停靠在不眠的窗前，仿佛早已散去，只留下一段浅浅的痕迹，见证了一幕幕花开的结局。

时光匆匆，总在不经意的瞬间便悄然远去，剩下的似乎永远都是陌生，不沾染一丝熟悉的味道。我知道，那流淌的光阴，就像飞过的流星般，在滑落的过程中，总会留下最美的一面，一如我们的故事、我们的年华。

月下深夜，独坐岸边，是谁的思念，穿透轮回的时空，拉开了曾经的序幕。想起了我们的故事，盛开在记忆深处的花儿，多少风华绝代，多少儿女柔情，缠绵成记忆的翡翠，捏在手里怎么也舍不得放手。

你把思念给了谁，谁又把思念给了你，缘分的是是非非，总是延续着现实的诸多无奈，让人看不到明天。

恋恋时光，恋恋回首，是谁的往事，剥离了记忆的苍白，将一道道本该明媚的阳光，刻画成一盏又一盏透明的哀愁，从容地定格在时光的亘古里，湮灭了多少年轻的笑容，还有最美的花香。

打开记忆的画夹，里面的故事依然那么熟悉，我仿佛又看到了曾经的你，露着曾经的笑脸。总想着，要把你写进画中深深地留念，只是，时光总是走得太快，而我却又总是来不及把你挽留。于是，那些美丽的身影、心动的笑颜，就这样化成了漫天的碎片，飘落在我每一寸记忆的土壤中生根发芽。

漫漫红尘，记忆总是漂泊，无根无坪，摇曳在初见的芬芳里，释放出无尽的铅华，那是蜷缩在时光里的珍贵，铺成一卷卷镂满沧桑的诗篇，沉寂在潮湿的心檐下，不起一丝涟漪。

当思念的色彩被光阴覆灭，熟识的身影从脑海消失，记忆不再依偎你的窗前，是否，时光的印记，会将孤单折叠，迎来寂寞的初潮。

凌乱的总是思绪，酝酿在心间不断蔓延，带着浓浓的叹息，静静踏入这方沉睡的世界。夜，还是一如既往地深沉，习惯了这样委婉的色调，喜欢用双手托起空白，感受从指尖划过的微凉，轻轻飘进隔夜的梦乡，多少月光破碎了回忆，跌落在思念两旁，圆了又缺，缺了又圆。

若说，昨日的记忆是打开曾经以往的钥匙，可为何，想找回时却总是不能如愿。故事越发模糊，越来越看不清昨日的痕迹，于是，我们就这样成了时光的过客，傻傻地看着岁月的影子从身旁掠过，从此一去不返。最后，只剩下一些经历过的似水流年，沉淀在我们遥远的梦里，怎么也无法醒来。

忽然想起这样一句话：我们奔跑在时间的掌中，青涩而死，却又带链而歌，犹如海浪。其实，我们并不是海浪，只是浪中漂荡的帆船，有方向的，努力掌舵，而没有方向的，却只能随处漂泊。

当深藏的记忆，从沉眠的梦中醒来，世间之事总如隔世，仿佛光阴一下子倒退了千年，洗去了所有经历的尘埃，断断续续地消失在记忆的落红里，不留一点儿寻觅的线索。

或许，也会有一些痕迹，像斑点一样顽强地挣扎在脑海里不愿散去。但岁月终究是无情的，它就像盛开的烟火般，消逝在遥远的记忆里，只留下一片惊艳的瞬间，醉了无数流连忘返的人。于是，整个世界都安静了，只剩下故事里的落花和流水，不断演绎着现实中的擦肩而过。

忘记了是从何时开始，突然习惯了这样清冷孤单的日子，爱上了回忆，带着一丝暖暖的味道，弥漫在脑海里渐渐扩散开来。终于，明白了思念的感受。原来，此去经年，花开花落，我们都成长了经历，只是不曾懂得，心却忽然变了沉重，丢不掉的昨日，离不去的感伤，就那样轻易地扎根于脑海，泛滥于每一处空闲的思维，怎么也停不下来。

我知道，关于过去的种种，就像时光的流逝一样，总是无法与现实重叠，可我，还是会忍不住地想把它抱起，即使，目光沾满了潮湿的味道，迷失在年华里，变换了所有记忆的色彩。

于是，当这段思念缓缓走过，一切仿佛又回到了原点，只是，红尘的路上，从此却没了你的身影。

我用思念做饵，留住了回忆，却始终无法留住你……

繁华如画，只是断了记忆、散了年华。

（文/残月）

受伤的永远是不愿意放手的那个

朋友是一个外强内柔的男孩，他并不帅气，扔在人堆里或许便再也找不到。但大学一年之后，班级里做了个有趣的投票，最终获得提名奖项最多的是他：最幽默的男生，最有女人缘的男生……正是这样一个男孩，给他舞台他就能把你逗笑。

他喜欢上了班花女孩。在这每个人心中都有几个女神的时代，他把全部心思都放在了她身上。某次大家去KTV唱歌，因为暗恋而苦恼的他拼命喝酒，终于他因醉酒引发了哮喘。“我去买药。”他大声地说：“我不吃！”然后他抱着她，在她耳边碎碎念，他说他是多么喜欢她，多么觉得自己配不上她。

那次疯狂的醉酒，终于把他隐藏心底的秘密拉出了水面。如此他们相恋了，男孩视女孩如珍宝，他们狠狠地拥抱着彼此，互相取暖，直到大学毕业，甚至以为可以一起步入婚姻殿堂。但事实上故事还没有到毕业就画上了句点。

男孩一段时间在游戏的禁锢中，疏乎了对女孩的关心。爱得轰轰烈烈的开场白，最终悄无声息地结束了。或许这是大学校园里最为常见的悲欢。漂亮的女孩最后认识了别的男孩，那个男孩对女孩的占有欲相当强烈，几乎断绝了她与以前所有异性朋友的往来。毕业后，他们结婚了。而曾经那个为女孩喝酒到哮喘病发的男孩，他是看起来那么欢乐的人，却应了那句，越是看起来坚强、欢乐的人，越是无法抵抗悲伤。

当从现实中觉悟过来之后，他变得沉默了。他不舍，那个曾经最幽默的男孩心底一直笼罩着一层阴云。毕业前夕的某个午夜，他和我们几个兄弟坐在宿舍楼顶的天台，聊一些有的没的。他狠狠地骂骂咧咧，老子以后挣钱了找个更年轻漂亮的妹子。说话间豪气干云，把啤酒瓶朝着楼下丢了下去。说完之后，却变得异常沉默。偶尔酒后，眼角还会挂起两行泪珠。

后来女孩结婚，没有通知男孩。我们相熟的朋友都知道，他是真的没有放下。

有哲理故事问，世间什么东西最珍贵。答曰：未得到与已失去。未得到、已失去与珍贵之间的联系，不过是轰轰烈烈的情愫与无与谁人说的无奈。那种无奈，那种被情感啃噬、折腾，渴望去爱与拥有，不得不面对的结局，徒剩难过。与其说，这是难过，不如说那是一个人的爱与伤。

柏拉图在《会饮篇》里，讲述了一个神话故事。以前人类有三种，不像现在只有男女，还有一种“阴阳人”。这种人是圆团，保留了男人和女人的特征。他们的能力过于强大，因而被宙斯强行分开成一个男人和女人，以削弱他们的力量。“原来人这样被截成两半之后，这一半想念那一半，想再合拢在一起，饭也不吃，事也不做，直到饿死为止”。在那个故事里，被分开的人靠着拥抱的方式去找寻另一半，我们拥抱了很多人，彼此的创口可能从来没有能够贴合成完整的人，于是我们不断地爱，不断地拥抱，不断地离开，不断地难过。

有的人能够幸运地找到自己的另一半，合成原来完整的人。而有的人，可能终其一生都无法找到。内敛而不肯放手，在不舍与“一个人的爱”中，不断自我折磨，最终大概真要“为伊消得人憔悴”“饭也不吃，事也不做，直到饿死为止”。不愿意放手，饿死的大概不是身体，而是心灵。可是我们又怎么抵挡住那曾经轰轰烈烈的爱呢？

还有一个朋友，他爱上了一个女孩。他写诗、赋文，拥有幻想所有美好的能力。他几乎觉得为了爱，可以放弃所有。女孩对于未来，似乎有自己的认识。她不断地和男孩恋爱，她在寻找那个适合自己的人。而就那么碰巧地深情的男孩，和多情的女孩相遇、相恋。青春就像爱情的培养皿，上演了无数轰轰烈烈的爱情。

他们俩没有真正以男女朋友身份相称，他们在校园里漫步，他们牵手去看电影，他们甚至在众多朋友见证下的KTV里紧紧相拥……直到某天，她退出了。或许她发现了男孩爱得过于深沉，她无法承受。或许她发现了这个男孩并不是她想要的。而他却并不能接受不断攀爬的爱情天梯，突然她不见了，要他一个人爬下去，或者坠入万劫不复的深渊。

他异常难过，把寝室的好友叫上，喝酒到胃出血。过于诗性的他，把自己关在厕所里，用刀子在自己手腕上刻下她的名字。他说，他觉得只有身体上的疼痛，才能缓解心理上的折磨。知道他所有的自我伤害，换来了那个看似坚强女孩的泪水。她说，我不想看到你这样，你再这样的话，或许我们连朋友都做不了了。

他害怕了。他感觉自己陷入了一个冰凉的冷冻库里。所有爱的热量瞬间降温，外表结霜甚至冻裂，内心却还保持着岩浆般的热浪翻涌。冷和热不断相互抵抗，直到其中一方妥协。毕竟身处冷冻库，冰冷的思维终于还是战胜了热浪的破坏力。他倾其所有地爱她，最后爱到怕失去她，只得接受她还可以是自己朋友的结局。

爱到最后，他不得不面对用遍体鳞伤来接受“我们还可以是朋友”这样的结论。当他向我倾诉完所有之后，我顿时觉得爱得如前者朋友那样被其他因素干扰而失去了心中所爱，最后空留下感叹；还是爱到奋不顾身地把自己当作祭品来献祭爱情，都是那么地不可取。

爱情真如柏拉图《会饮篇》里说的那样，完整的人被分割成男女，我们失去了原来的强大能量。我们只有靠寻找最对的那个人来彼此取暖。柏拉图的故事，或许不是要告诉我们什么是爱，而是要告诉我们："寻找"和"原罪"一样，是我们与生俱来的背负。在爱情里，我们奋不顾身，不能抽身就意味着遍体鳞伤，但或许我们认清了寻找的使命，我们还能在遍体鳞伤的血泊之中，重新站起来。

（文/满成蛟）

守一座旧城，等一个故人

夜，在9月的指尖轻轻划开寂寞的深渊，夜风里吹出的思念，啼笑着自己再也回不到从前。我是如此彷徨，害怕每一天的每一刻时间，我忘记了忧伤低沉的旋律，却忍不住地喜欢这旋律给我的怅然。后来，才发现如此明亮的星空，悲伤的夜空掉下苦涩的眼泪，好咸。

旧梦阑珊，灯火挂在黑白相间的墙上，余凉的光洒在了谁家的门前。青涩的绿叶沉默寡言低头躲在破旧的墙边，如墨的夜色，掉下张皇失措的眼泪，为这褪色的老旧围墙轻轻涂上了厚厚浓浓的颜色。我的笔在指尖轻绕，在纸间划过，你的故事深埋在我的心里，却伤感在每个无眠的夜里。谁的画笔浸湿了眼眸深处的忧伤，月色越发显得悲凉，余烟醺走风中的花香，那些躲藏在夜里的凄凉慢慢被这洒在门前的余光偷偷拉得绵长。

旧城泛黄了记忆，素颜荒废在这黑白相间的小院，浅浅的心事在眉尖流连忘返，那些失去颜色的花瓣，躲在悲凉的月色下偷偷地抹上浓浓的胭脂，散落地上的花瓣，悄悄丢失在这夜色里的花香。这座空旷的小院，是谁呆呆地坐在这间轩阁的小窗前，铜镜斑驳了素颜，昏暗的身边，你的曾经是否还会有我的从前。

黑蓝色的夜空，几点残星点缀着这夜里的空旷，这座旧城里的小巷，残灯褪下的疤痂，这些难以抹去的伤疤，那些丢之不去的记忆，仿佛我们彼此的思念，都风化成了灰烬。未老头先白，就这样躲在月下窗前空空对着落花的花影，形单影只的自己又把悲伤默写了一遍又一遍。

泪眼曾朦胧，恍惚记忆之中，我在看如此明亮的星空，抬起头，遥望凉烟散尽的虚无，萤火虫还霸占着夜的寂静，陪着寡言沉默的小城。每当自己躲在漆黑的小巷中，腐朽的味道填补在花香散尽之后，9月的旋律中夹杂着闷热的空气，伤心在寂静无人的黑夜之中。是谁，释放心中的思念，还有浓浓的哀怨，仿佛这些伤，很重，仿佛这些情，很痛。

旧城旧时光，几时苍凉醉情殇。

时光如水，寂静流年，当枫叶哭红了面容，你是否还在原来的天空。我凌乱的心事在9月的指尖无法平复，我想起，那时的古词，忧伤到朦胧。生死之间，我什么都不是，我只不过是活在凡间奢望得到爱情的贫农。我是不是厌倦了这生活，无法再去跪求时间的宽恕，宽恕我的闷闷不乐。

我恨不起这世间的任何一个人，我得不到这世间的任何东西，我唯一能做的就是在自己的房间、自己的天空下、自己的笔记本上，记下我的不快乐。然后戴上耳机，听一听伤感的情歌，写一写我言语中抖落下的丝丝悲伤的小心绪。

黑夜里的灯火穿不透浓浓哀伤的云朵，黑夜的寂静在我身边，我守着寂静，等待落寞的灯火可以施舍给我一点点温暖。我不奢求很多，只要那么一点点，我靠在树叶遮住的窗边，抬头望枫叶哭红的面容，远方血色的风景刺伤我的双眼，眼泪滑落，心事囚起几多寒战的凉风，我抱起自己的手臂，原来一个人躲在没有温暖的黑夜里，心是凉的，手是凉的，眼泪也是凉的，全身冰凉，我奢求的温暖没有，还是就连这灯光也不可怜我。

一座旧城，一生心疼，仿佛这些破旧腐朽的墙体好熟悉，血染着漆黑天空，没有心疼的目光，在轮回里流转的故事，我在这凌乱的回忆里徘徊，冷冷清清怎么都是一个人。一个人走在青灰的古墙间，灯火朦胧，仿佛这夜啼笑着这座旧城里大大小小所有悲伤的爱情。

一座旧城，一生心疼，灯火昏黄的清寒，我倚在被枫叶遮住的窗边，回过头，看见灰白的墙上还挂着你的相片，我凝眸，深深地看见，你的笑容，那么甜、那么伤，让我深深地陷入其中无法自拔。仿佛一见你的相片，我就想起很多温馨的画面，我仿佛看见，那些沧桑没有初见，那些回忆还有没有纪念。

一座旧城，一生心疼，写不完的过往是心间的疼，读不出的是伤痕，哑口无言道不出的是丝丝怀念。我说过，我不喜欢哭泣，偏偏躲在寂寞的黑夜里偷偷地流着眼泪，我什么都不想要，我只想找一个真心爱我的人。这夜昏昏暗暗解不了承诺里的迷言。

旧城里的时光是旧的，当时光划过，年轮错乱的记忆偏偏刺伤浓浓的哀情，抓不住的温暖，留不住的馨香，灯光守在寂静的街角，自己躲在被枫叶遮住的窗边。我学不会忘记，偏偏学会了铭记，我深深地记得你幼稚的面容。你就像一座旧城，我懂你的破旧，却不懂你的哀伤；我懂你的残缺，却不懂你的快乐。时光刻画的伤痕，在你身上，我假装看不见，我用手傻傻地去触碰你心间的伤，得到的却是你掉落眼泪的轻疼。

我不懂你，就像回忆断了线缠成一片伤，我还能记起你旧日里的面容，而你是否还会想起我模糊的样子。

守一座旧城，等一个旧人。一座旧城，一个孤单的人。

（文/醉饮相思）

我们都曾为爱受过伤

常常在半夜醒来，便再没了睡意，想得最多的就是和你的恋爱应不应该继续下去。

在爱情中，我们都是不幸的人。彼此的初恋都是因对方的贫穷而被家庭粗暴地阻断，我们都曾做过抗争，但最终都屈服于难以割舍的亲情。

受伤后，看起来门当户对的我们见了面。在亲友们充满祝福的眼神中，两颗年轻、火热的心却到达了冰点。你只是漫不经心地看了我一眼，便把目光停留在窗外；而我看到你憔悴不堪的狼狈相，心中竟残忍地顿生快感。我们彼此都清楚，最爱的人已经飞走了，这样的见面注定是要不欢而散。

令人莞尔的是，你我都没有进入对方的心中，感情却在彼此的亲情督促中生根发芽。在他们的鼓励下，我们只能约会、再约会。

说不清从什么时候开始，我们看对方的次数开始增多，停留在彼此脸上欣赏的目光越来越长。有时，几天不见，思念竟如雨后的野草般疯长。

我知道你是个善良、重感情、值得爱的男人。在街上散步的时候，看到老人费力的骑车上坡，你会主动上前帮着推一把，换来老人一个赞赏、感激的微笑；看到盲人在街道上踟蹰不前，你会很自然地跑过去，拿起竹竿，把他引领到安全的地方；看到有小孩子的脚踏车链掉了，你会热心地帮他把车链安上，而你的双手却沾满油污……你的善良、热心尽收我的眼底，并在心中转化为柔柔的爱意。

你会主动向我坦承自己的过去，讲起你们过往爱情的甜蜜和点点滴滴。你们的故事常常感动得我泪眼朦胧……

在这样的交往中，我学会了暂时忘记，开始爱上你；而你也承认爱上了我，但却很难完全把她忘记。

再讲述你们的故事，感动早已不再，剩下的只有争吵，事后你会主动地道歉，说“对不起”。我想离开，却又舍不得你！

接到你初恋女友的结婚请柬，你眼神黯淡，长时间沉默不语。我陪你到超市为新人精心挑选礼物，你看我的眼神里充满了感激。

结婚仪式上，风度翩翩的你有些失态，眼光总是停留在新娘身上，我脸上挂着笑容，心却跌到了谷底。喜宴上，酒量不高的你，对新娘的敬酒来者不拒。你喝醉了，我扶着醉酒的你，送你回家。冷风吹得我接连打了几个寒战。

一夜在床上辗转，委屈变成了哭得红肿的眼皮。天亮了才睡去，却被电话铃声惊起。

是你，一连说了三次“对不起”，然后告诉我，从今以后你的身心都属于我。

拿着话筒，我哭了，又笑了。雨过天晴后，所有的阴霾终于散去。

时至今日，我必须承认，有时仍然会想起昔日的男友；我也清楚，你也不可能完全把她忘记。但这样的回忆已经不会惊扰我们日久弥坚的感情。因为我们都明白，刻骨铭心的初恋毕竟已经过去，最爱的人未必会成为自己的终身伴侣，而最后走到一起的人，因为都曾为爱受过伤，所以更加懂得珍惜。

（文/清山）

韶华岁月，染指成伤

当冷月褪去寒凉的衣装，冷风一缕摇断愁肠，明月低着额头冥思苦想，那些秋月里的微凉，好似腊月的薄霜。当枯涸的池塘灌满了冷清的月光，灯火微微泛着泪光，梧桐低首感怀岁月的悲伤，人走茶凉，红叶涂妆，那些泛黄的记忆，凋零成怀抱里的青霜。

泛黄的梧桐，静悄悄地凋落而下，那些年的回忆慢慢地侵入脑海又流出，在心底，我寂静地默念那个人的名字。每一夜的梦里我都写满一页的感伤，文字里流露的忧伤，却都不是我想表达的思想。我对你的思念用这些优美的文字已经表达不出，那些留在昨日的冥想，都已经搁浅在今日让我慢慢地苦想。有风的夜晚，自己是不是觉得很悲伤，窗边孤零零的树影，是否还在跟着冰冷的月光，随着破旧的老城慢慢老去。

自己走过多少条斑驳不堪的小巷，在徘徊了一次又一次的沧桑古树下，行走在思念的边缘，静静地听着秋风里遣散了不知有多远的二胡声。慢慢地，我闭上了双眼，迈着颠簸的步子，去寻找，寻找勾起我思念的歌谣。

走过一条不是很远的路，寻找着一句不是很感动的话语，这些用石板砌成的老街，韶华烙下的痕迹，就连岁月也偷偷地心痛了。蹲在被时光烙满痕迹的墙角，思念迟缓地在敲打着我脆弱的心房。落满了墙边的梧桐叶，堆积起一声声幽怨的诗句，秋叶慢慢落，冷月轻轻催，所有往事都已经随风悄悄地消散。老去的诗笺，泛黄的纸页，瘦了的自己，如今还在想着那么一个你。

冷月里的婵娟，盈盈抖落的烛泪，昏黄的光从墙角的门缝，照在我瘦弱的脸庞上，那些燃去的烟云，那些滴落的烛泪，这些穿上嫁衣的红烛，为什么每天夜里都要偷偷地流着血泪。轻染昏黄的光晕，指尖折碎的梧桐叶，泛红的眼眶，不经意之间滴落几滴如血一般的眼泪，静悄悄地滑落，静悄悄地滴落，静悄悄地打湿了嗜血的红叶。

半诀冷月缺，旧门前，思念咸，低吟痴语，手中握紧的落叶，我跪在破旧的门前，看着身边的落叶，想起你说过，你喜欢梧桐的落叶。你说，你不喜欢看见深秋凋零的落叶，因为每一片快要凋零的落叶，都是一次生离的死别。我想起你哭着对我说，我不想自己像梧桐的落叶那一般，经历生离死别的痛苦；我想起你梨花带雨的模样。如今，让我到哪里去寻找你，如今的我再也听不见你梨花带雨的哭泣声，今生不会再去寻觅，失去的容颜还在轻轻地叹息。

此情有多决绝，我在冷涩的月光里不眠，在秋风的寒凉里，长袖飘起，拱起颤抖的身子，仰望天边灰暗的星辰，若是你还在，或许我也不会这么痛苦地活着。

一愁情殇半愁容，浮生若梦两清风。

时光搁浅的河流，人未老，鬓先白，我跪在满是落叶的小巷中，对着你曾走过的门前，轻轻抚着你跨过的门槛，脸庞上还未干的泪痕，突然间心很痛，眼泪止不住地滑落。空空对着没有人的门前，头顶泛着红光的灯笼，是否它上辈子也是个伤心的人。

形单影只的惶恐，可怕的孤寂，在耳边追逐着摇摆的发丝，落寞的情怀在心底写过了多少字，酒醉的梦里寻了她多少次，曾经有多少次落寞，让我想起如梦的往事里都是和你在一起。奈何心事几重重，一腔悲绪又添忧，冷袖飘起，半句红叶的诀别诗，情怀里的曾经满是悲伤，我不知道自己还能活多久，就让我把这断了红线的梦悄悄地做完，就让我把对你的思念压在心底，用这些如血的眼泪发泄出来，你说好不好。

我想你，想你对我说一句，我不想看见你憔悴的样子。曾经我多么喜欢看你嬉笑的样子，而如今岁月让我画起如梦的曾经，一笔一画满满的都是叹息，若是你还在，我就不会这么伤。

黑夜的冷风中浸满了苍凉，流浪的云朵悄悄勾起一段过往。回忆还有没有嵌在残月里。单纯的忧伤，如今我想要的温暖是那么冰凉、那么空洞。泅着水墨的清香，我不经意间的回眸，那小巷的尽头凉烟迷离，感伤依旧。每一晚的夜里我都会偷偷看着她曾经写给我的文字，也许思念没有底，而我也就这样跟着她的文字偷偷疼了下去。就这样忍着夜的微凉，凉衫轻薄，破旧的门缝里，那是谁灯下又添香。为何我如此伤怀，为她学会感伤，为她学会悲凉，是不是我的悲伤走得太远，就连怀念都显得朦胧。

冷风徐徐，枯叶斑驳，墙角的青霜又开始泛起白芒，有多少过往像这些痴情的梦，一次又一次地在我眼前上演，而我满身都是伤。凹凸的石阶、腐朽的木门、破旧的小巷或许只有我还喜欢这里的一草一木。风停止了肆虐，月也安静地播洒着寒冷的清光，我跪在破旧的门前，手里握着你喜欢的红叶，我趴在这枯萎的红叶里，轻轻唱着悲伤的歌谣。

韶华岁月，染指成伤，多少痴情的人，还在寻找破碎的梦，一年一秋露，如此反复，如此哭诉。

韶华岁月，染指成伤，那些埋在深秋落叶里的往事，早已经销声匿迹，那些我还眷恋的故事，都已经无影无踪。

韶华岁月，染指成伤，心间的梦，牵扯成线的思绪，还缠绕在心间，伴着我的生命，慢慢老去。

韶华岁月，染指成伤，手中的梧桐叶，还奢望那些虚妄的温暖，回忆还在，往事如伤。

静悄悄的我开始眷恋这安静的夜晚，眼角泛红，风吹落叶，冰冷围着我，慢慢抽取我身体里的温暖。忽然间发现耳边的二胡声，早已失去了踪影，但是我还在这里，在这条无人的小巷里。寂静的角落，冰凉的青石板，被梧桐叶附上了一层幽怨的哀伤，薄凉的霜，染满了薄袖，冷月被灰黑色的乌云掩埋，冷风又开始吹起，只是冰凉的雪花投下冰凉的怀抱。黑色的发丝被雪花染湿，小巷里的梧桐叶被冰凉的怀抱染成白色，而我的发尖滴着冰凉的泪，如此这样，颤抖着身躯，迟迟不肯离去！

（文/醉饮相思）

你的世界，我只是路过的幸福

曾经，我以为，你会是我今生的永恒，直到后来才发现，我错了，流连于你的世界，从开始到结束，都是我一个人的独角戏。

思念的夜晚，隔着华灯初上的光亮，是那样温柔地在绽放。游走的步伐，徘徊在黑暗的边缘，我孤单的身影，仿佛暗夜的精灵，总在无人的角落里，跳着属于自己的舞蹈。谁能听见我的叹息，穿过荒芜的世界，停顿在你离去的方向，那是我心中千万次的呼唤，模糊而又清晰地飘荡于潮湿的梦里。

记忆中你的容颜，我似乎再也描绘不出轮廓，曾经的诺言也已随风而去，消逝得连一点儿痕迹都没留下。我知道，这页时光的记载，从你转身的那一刻开始，我便再无力去翻阅。

流淌的夜色，一如既往地深沉，被月光覆盖的街道，忧伤与思念共舞，洒满了我孤寂的心灵。就这样，不知不觉地，我便陷入了记忆的汪洋，久久无法醒来。

若说，是时光拉开了彼此的距离，冲淡了爱情的痕迹，为何想起时，依然会那么刻骨铭心。是否当初痛得太过彻底，而让哭泣的灵魂，镌刻上永恒的印记，倔强地游荡在时光的夹层里不愿散去。

有很多东西连时间都无法还原，譬如伤痕，譬如记忆。不管岁月如何变迁，时光又如何安抚，始终都会留下线索的痕迹。是啊，那么多经历又岂是时间可以抹平？嘴上说着忘记难道就真忘记了吗，镜子碎了也许可以破镜重圆，可心碎了呢，那又该如何拼凑才能回到最初的完整，是否真需要时光倒流地去追溯？

望着远处繁华而又通明的街道，孤寂的感觉油然而起。是谁给了我满心的欢笑和甜蜜，又是谁给了我满怀的忧伤与无奈。虽说，爱情世界里的分分合合，大家都应该习以为常的，可是，你毕竟不是我，又怎会明白我的痛。当泪水肆意淌在脸庞，洗刷着你留过的耳语，带走所有残存的痕迹，剩下的，是否只有一往情深的自己？

如果思念的夜晚不再有你，谁还能编织我午夜的幽梦，被放逐的心灵依旧流浪在人海，反反复复地演绎着每一次擦肩而过。

就这样，你转身离去了，只留下我的思念在原地盘旋。你决绝的背影，透过我朦胧的泪眼，狠狠地刺穿了那颗受伤的心，让我痛得撕心裂肺。我知道，你不会再回头，也不会再想起，伸出的双手再也握不住你，我只能装着若无其事地祝福，把悲伤的泪水，留到无人的角落，缓缓倒流进心里。

有时候我会想，是否一个人走了太远，而忘记了最初选择的方向。回首来时的路早已荒草丛生，唯独留下单薄的身影依稀可见。我知道，当思维开始凝固，一步步地走到边缘，我便再也找不到回去的路了，或许，这就是我亲手埋葬自己的见证吧。

突然想起郭敬明的一句话："记忆像是倒在掌心的水，不论你摊开还是紧握，终究还是会从指缝中一滴一滴流淌干净。"爱情又何尝不是这样呢，不管你如何小心，它还是会一点一点地慢慢消失。

记得你曾对我说过，回忆是纸钱，只是为了祭奠那些死去的曾经而诞生的。我回答说，既然是纸钱，你又何苦把它当艺术品一样，每天都捧在手里用心欣赏。其实不论是你还是我都无法忘怀那段过去的痕迹，虽然你在公众面前依旧笑得那么开朗，取得的成绩依旧那么傲人，可是这真的就是你想要的结局吗，还是因为等不到的归宿而自我放逐。

其实，在很长很长一段时间里，我一直都在想，假如当初我没有遇上她，现在的我又会是什么样子？是否，我也可以穿梭在繁华闹市里，坦然自若。

如果说，你的美丽，是需要用我的泪水来点缀，那么，我请求你，把我所有的思念都带走，我不想蜷缩在阴暗的角落里独自舔舐伤口。

如果说，那过往的风，只是没有方向地漂泊，我希望，那流过的云，可以带走我的全部记忆，我不想在每个花开花落的季节里，习惯性地想起你。

只是可惜，这些如果终究只是我无力的呐喊，是我沉睡后梦中流露出的几句呢喃，它以别样的方式，定格在我孤单的背影里……

你的世界，我只是路过的幸福！

（文/残月）

若是他生相遇，我选择错过

一

初次见许晴的时候，很是欢喜，她几乎就是我为自己未来设定的样子，事业有成、谈吐优雅，画精致的妆，眼角眉梢都带韵味，在任何场合都应付自如。大学为期三个月的实习，她是带我和沈子阳的师傅。

二

沈子阳，我想起来会扬起嘴角的男孩。一米八二的个头看起来还可以更高一些；高挺的鼻子衬着他的脸更加棱角分明；听起来温文尔雅的声音让人心情愉悦；我最爱的沈从文一样的姓，读起来好听的名字；热心助人的性格……谁说你喜欢的人在你眼里是发着光的，他简直是我的小太阳，不但发光还温暖向上。

三

我叫她晴姐，她叫我丫头，她说喜欢我，因为我身上有她大学的影子，至于沈子阳，她说，很努力的孩子。中午结束子阳去洗漱间洗碗时，许晴当着公司很多人的面说：“丫头，子阳是个好男生，要懂得把握哦！”我没说话，只是笑，心里却思绪飞扬。我那么喜欢子阳，怎么会不好好把握呢？只是，来这里一切都不一样了，他眼睛里不再只有我，更多的时候他对许晴的一声声“姐”叫得殷勤，向来不讲究穿衣打扮的他现在也开始注重发型、衣服搭配，甚至，我隐约觉得他看许晴的眼神都是不一样的。我暗自猜测，沈子阳喜欢上许晴这个优雅的姐姐了。

晴姐的同事顾磊说我："敢不敢别什么时候都笑得很甜？"我说："哪有？"然后，快步离开，我不是不知道，顾磊对我的关心已经超出了老员工对实习生的照顾，即使他以哥哥的名义，总照顾我这个笨手笨脚的丫头。我懂他的好意，可是不喜欢，因为沈子阳，以新来的员工身份接近许晴。

四

实习一个半月的时候，我与沈子阳已经和他们混得很熟了，我始终笑得很甜来赢得了人缘，公司里无论是谁，我都笑着打招呼。沈子阳则是最勤快刻苦的。无论是谁都可以喊子阳做事。看起来我们混得很好，与老员工没有太大差别，其实是有的，例如，开会的时候，我和子阳是只可以坐到晴姐身后的，例如他们讨论事情的时候我们是没有发言权的，所以，当沈子阳被斥责的时候，我比他更难受。

老总说："许晴，你怎么回事，实习生带成这样？"助理委婉地让我们离开时，我没有笑，因为，我差点儿华丽地摔倒在会议室。或许是因为穿不惯高跟鞋，或许因为目光不曾离开前面的沈子阳。脚崴了，最终我是在顾磊的帮助下离开会议室的。沈子阳，他找许晴道歉去了。

五

那天回去的时候，顾磊说，我脚不方便，要送我；我说，我可以和沈子阳一起回；子阳也连忙说，这点儿事我可以搞定。顾磊半开玩笑地说："难道你要背她坐公交回去？"周围的其他同事在笑，子阳的脸立刻红了。最后是晴姐解的围，她说刚好去我们住的地方办事，顺道路过，开车送我们回去。

我们是各自租的房，距离不远，子阳和班里的男同学合租，我一个人单间，不是因为不合群，而是为了名正言顺地早晨等沈子阳一起上班。晴姐和子阳送我到房间里，晴姐在打发子阳下去给我买晚饭的空当，给了我她提前买好的创伤药，并告诉我怎么用。她说，可以帮我提出让子阳搬过来和我一起住，这样可以互相照顾。我委婉地拒绝了，我不喜欢这样得来的爱。

第二天，沈子阳早早地在门口等我，其实我的脚已经不严重了，加上破例被允许穿运动装，所以，基本活动没问题。但我还是愿意把胳膊放到沈子阳的臂弯里，就着小私心，偷偷地幸福着，甚至可以忽略他一路上跟我说的都是他在担心自己会不会拖累许晴。

六

实习很快就要结束了，我们两个都表现良好，那些老员工也暗示我们很快就会成为他们中的一员，只有我，惴惴不安。因为，沈子阳已经毫不掩饰他喜欢许晴，公司里的人也都知道，等他六月正式毕业是要给许晴做助理的。至于我，能作为一名普通新人加入他们，是受了很多老员工照顾的，例如顾磊。

七

我在想，如果那天大家都少喝一些，会不会就可以有后来了。沈子阳会明白他和晴姐不可能，最终发现我这个一直默默爱他的人，最终和我在一起。又或者，我们一起顺利回到公司，晴姐最终被沈子阳的爱打动，我也发现最爱我的原来是顾磊，最后愿意与他携手共度幸福。是的，如果那天许晴没有说出实话，而我少喝一点儿，就不会错过爱我的人，或许还可以给自己一个恨别人的机会。

八

许晴搬新家的时候，我和沈子阳去帮忙，她请了公司关系不错的同事一起庆祝乔迁之喜，几番推杯换盏后，大家都有了几分醉意。我端着果汁敬许晴，我说："感谢晴姐一直以来的照顾，我以此代酒，敬你。"关系好的老同事起哄："怎么可以用果汁敬师傅？不能喝酒少喝一些，敬师傅必须够意思。"许晴没有说话，我也觉得有理，当我端起酒杯时，许晴说："我干了，丫头，你随意。"我自然不敢随意，沈子阳喊着要再敬晴姐一杯时，许晴说："丫头，别忘了顾大哥。"声音不大不小，刚好大家都能听到。

是啊，顾大哥对我的照顾大家有目共睹，我走到顾磊身边时就感受到了异样。他与许晴一起进的公司，不过大我们五六岁，实习生里承蒙他照顾的仅我一个人而已。我说："承蒙大哥照顾。"喝了一半的酒被他夺下，他说："丫头还小，哪能让她喝酒，我替她喝了。"

九

那天，很多人都走了，许晴说："你知道吗？你像极了年轻的我。”沈子阳说：“晴姐，你现在的样子最美……”许晴说：“沈子阳，你的努力没白费。你的丫头以后会和你一起的，只不过，不是我的功劳，是她自己的，还有你顾大哥。”后来，沈子阳就看到躺在许晴新床上的我，旁边还有顾大哥。

实际上，根本没等到天亮我就醒了，在许晴家楼下，他哭得像个孩子，不停地摇晃着问我为什么。

十

后来，沈子阳提前毕业了，同学都说他要回家接他老爸的公司，而我还必须回公司拿回我的简历，是许晴主动帮我办理的手续。她说沈子阳接近她是为了让我留在公司；她说顾磊是她的大学同学兼未婚夫；她还说我像她年轻时的样子，单纯、美丽、认真；她说她喜欢我和沈子阳身上的干净；她说那天晚上什么都没发生，她知道我沾酒就醉，她也知道她的未婚夫不能喝酒；她还说他不喜欢顾磊叫我“丫头”……

我走的时候依然笑得很甜，我说，“我原谅你，许晴。”不是因为我大方，而是我没告诉她，我并非单纯的白纸。沈子阳就是我的男朋友，他知道我真的需要这份工作，我的善良认真并不代表我有能力留下，而许晴可以让我留下。我知道王子最终会回去，而生活中没有灰姑娘，倘若我要和沈子阳一起走下去，以后我必须用能力证明让他家接受我，我的幸福才可以长久、温暖才会继续。事实上他的离去并不全是因为那天的事。而是，我早知道，那天许晴新搬的家是她和顾磊的新房，之所以装作不知道继续下去是因为我知道沈子阳真的爱上了她。

十一

8月，许晴和顾磊完婚，我用三个月实习工资买了一份礼物送给他们。收到后，顾磊给我发了一条短信“你是一个好姑娘”。9月，同学都陆续找到了工作。实习公司发来了正式邀请，我以继续学习深造的理由拒绝了，不是我想要什么高学历以追逐幸福，而是我实在无法面对许晴。她是我为自己未来设计的样子，优雅地爱着深爱的人，我做不到让未来的自己因为爱的人再做任何不美好的事，何况顾磊说，我是个好姑娘呢，好姑娘是不是不该期望不属于自己的幸福呢？我没有告诉别人的是，我来自大山，是那个山里人用全部积蓄供出来的“凤凰”，我本想偷偷选择另一种生活，是许晴叫醒了我。我告诉自己，我必须回去，因为山里的故乡人还不能很好地生活。

十二

我用了三个月去用心体验这不一样的生活，带着最简单的行李去了很多想去的地方，2012年9月伊始我回到了属于我的地方。我删除了沈子阳的一切联系方式，在一个慢递那里给五年后的沈子阳和许晴都留了一封信：若是他生相遇，我选择错过。

（文/刘小兔）

花开花谢，都是一场不败的盛景

流水有痕，岁月无声，细数过往的年华，时光将一些刻骨的记忆暗了又亮、淡了又浓。渐渐地，喜欢把记忆铺平，踏寻一路走来的点点滴滴，我知道那时的日子有过欢笑，有过伤感；有过珍惜，有过遗憾。抬起头，阳光依旧那样明媚，低下头，小草依然那样嫩绿，萌芽的力量把发皱的心慢慢熨平，携一抹清风，吹散身上浅浅的薄凉，于生命深处，安放一份淡然，清闲度日，安守流年。

春的芳菲已渐渐淡化，季节的划分已不再那么明晰，有阳光的日子，我喜欢独坐在书桌前，让斜阳透过矮矮的窗棂照射在自己懒散的身上，感受大自然赠予的最朴实的暖意，心情继而也豁然爽朗颇多。绵绵细雨时，独居一隅，聆听这些精灵落地一刹那轻盈的脚步声，和谐的旋律像轻快的钢琴曲，使发霉的心随着天籁之音渐渐舒缓起来，仿佛世界在此时才真正地安静下来，除了自己，别无他人。

翻开泛黄的纸张，模糊的字迹指染着流年的繁华，故时的理想，如不是看这些文字记载，谁也不知道当时的执着怎样就被现实击垮，当初的棱角又怎么被社会的炎凉磨平。我想，多数人心中都藏有回忆，如涓涓溪流般，每一次念起，都觉得有一湾甘泉温润着心田，如跌宕起伏的音律；每一次触摸，都带我们置身于那时的喜怒哀乐。于是，在人生的路途里，即使孤身一人时也不会那么失落。

如若，生命的每次成长都是一株株野花绽放的过程，虽不及牡丹娇贵，不及兰花淡美，不及桂花香甜，但每个人都应该珍惜自己的花期，不为惊人一艳，只为人生无憾。尽管成长的过程中荆棘纵横、风雨兼程，但经过风雨的洗礼，有一抹馨香会扑鼻而来，萦绕心间，随着时光的风，它会芳香隽永。

岁月翩跹，韶华易逝，总以为顺着心走就可以安稳地过此一生，可世间毕竟有太多不如意，月圆月缺，相聚别离，都是成长中不可避免的一幕。倘若怀着一份淡然之心，领悟生活里的禅意，即使前方迷雾重重，也应坚信会有拨云见日的一天。并不是所有梦都能长长久久，并不是所有角落都有阳光的普照。心在平淡低落中要长存喜悦，每个日子，都值得拥有；每个过程，都应用心体会；每个挫折，都会是成长的基石。

学会给心灵开一扇窗，花香自然会纷至沓来，沁入骨髓。

有人说，有一种疼痛超越了时间和距离，只要一念起就抑制不了心愁的蔓延，内心似针扎。其实，你应该感谢命运，感谢缘分，让你明白了成长的代价，让你懂得了如何珍惜现有的生活，让你拥有了一笔珍贵的人生财富。

雪小禅说：一个人的疼痛可以加速一个人的饱满，不完美的才是人生，有疼痛的才是生活。如果生活是一首平平的曲子，它只会让人乏困无力、安逸一生。如果生活是一首平仄起伏的乐曲，它定会使人斗志昂扬、不甘沉落。正是有高音低音的交错，才能弹奏一曲曲动人的乐章。人生何尝不是如此。

梦里寻到梦外，总渴望能到达理想的彼岸，心可以在那里停靠与放逐。品一杯清茗，淡淡地享受苦楚后的甘甜；写一笺心语，慢慢地使得流年辗过经久的轮迹。看着人间的真与假，世间的爱与殇，不愿去想很多，追求太多，只想把心寄予山水云间，把那轻舟难载的满满心愁遗忘在春的枝头上，放逐在青古的屋檐下，遇风而逝。

人生本是个认识的过程，从迷惘到彻悟，从模糊到明晰，走出一个个禁锢自己的圆圈时难免会磕磕绊绊，付出沉重的代价。一路走来，深深浅浅的沟壑并不是刻在岁月里的伤疤，而是经年后韵味十足的记忆，我们要珍惜一切应该珍惜的，收获一切能够收获的，哪怕缺憾，也是一种别样的美。

往事如烟，纵使氤氲淡薄，却透露着旖旎的姿态，渐行渐远……岁月如水，生命如溪，只要有岁月走过的地方，生命之溪就会更加满溢。愿把心放逐在自然之中，徜徉温和的细风，让明媚的心情带走世间的乌云，让饱满的热情使平淡的日子鲜活起来。愿心灵如兰花一般清雅淡然，外在的喜怒改变不了它淡雅的风姿，磨灭不了它醉人的风韵，花开花谢，都是一场不败的盛景。愿岁月，静好如初；愿生命，安然如初。

（文/凌风）

错过也是一种爱情

爱情的保质期很短，数年前听说多巴胺分泌时间只有两年，如今只有大概八个月。人类的肌体和人类的进化一样喜欢把速食和效率挂钩于生活。所以当代社会的爱情是破碎的，也再也没有了轰轰烈烈足以传世的爱情故事。

正因为随着社会的变化我们不得不面对更多现实因素导致我们嫁的或娶的那个人未必是我们爱的那个人，而更多人还沉浸在电视剧里老套的剧情里无法自拔。谁都希望有一个偶然，在晴空下的街角，你我相遇，然后一生一世。这只是愿望，却很难成真。

记得人鱼公主的故事吗？她用美妙的声音和女巫交换了双腿，为的就是来到王子身边，可王子的眼里却是别人而不是她。她沉默着，流着泪，守护在王子身边做他最好的朋友，最后在王子和公主结婚后她成了大海里飘起的七彩水泡，像一颗颗眼泪，用最无辜和委屈也同样是隐忍和祝福的方式牺牲了自己，成全了王子。

其实这不是我能释怀的童话，在看了太多灰姑娘的故事后，我始终不明白为什么有如此悲惨的爱情，而我恰恰相信，还常常思索爱情究竟代表了什么？婚姻的前奏还是前世的因果？把爱和情拆开来看，爱是一种缘分，情是一份感悟。

到最后爱情的定义是模糊的，爱之本身就是期盼，付出和等待，最后是一种体会。体会就是我们说的经验，爱与不爱一念之差，如同我们发现经典总是不会太圆满，否则《乱世佳人》就不会让斯嘉丽那么迷恋根本不爱自己的表哥却始终忽略甚至厌恶调侃她的白瑞德。恰恰是白瑞德在不经意间用激将法逼着她长大，在战火中重新面对人生，也正是这样无私的爱让斯嘉丽变本加厉地不懂得珍惜自己所拥有的，直到最后，我们只知道白瑞德走了，而斯嘉丽站在大树下坚定地说："明天又是新的一天。"也许这个结局是我们常常遇见的，到底他们错过了相爱的时间，而他们会不会终于有一天又重新遇见呢？小说给了我们很多悬念，却告诉了我们一个道理，错过的永远是遗憾。与其害怕遗憾，何必错过？

错过的爱情，在电影里最集中体现的还有《霸王别姬》，师弟程蝶衣对段小楼的爱有牺牲、有不疯魔不成活的放荡不羁，更有身为男儿身的依恋和无法拥有段小楼的恨意。好的电影会浓缩许多爱的真谛，并让你看到各种类型的爱，蝶衣的爱自私也执着，菊仙的爱醇厚也泼辣，小楼的爱随性也荒唐。

一个人生来是欠另一个人的，仿佛真有前世的千年之约，必须在后世还债，然后这个人的背后还有一个人欠了他（她）。多少例子，活生生演绎着，你爱我，我爱他，他爱她，她爱她。咦，怎么这世界每个人都相爱？咦，怎么这世界每个人都在爱别人？这是多无助的现象，我们爱的人近在眼前，却无法拥有。段小楼最后出卖了程蝶衣，程蝶衣却反过来骂可怜的菊仙，段小楼也不停地辱骂菊仙，菊仙惨然一笑，她以母亲和女人的心去挽救过程蝶衣，因为菊仙爱段小楼，同样她也深为可悲的男人程蝶衣感觉伤心。

不得不说菊仙的痴和怨在最后段小楼的一句“我不爱她”里终结了。一席红衣，她渴望来世做个厉鬼，讨伐和怨恨那无爱耻辱的恋人，很触目惊心，更是刚烈衷肠。这种错过是淡定也悲痛的，而留下的是永恒的影像。最后程蝶衣在和段小楼唱最后一场戏时自刎，他也选择了错过，因为他永远无法拥有，更有对菊仙的深深歉疚。最终是南柯一梦，爱与恨在锣鼓喧天中被命运左右着。段小楼不爱菊仙吗？不，他爱，不爱蝶衣吗？不，他也爱。只是他都爱得不够勇敢，更无法承担，舞台上他是霸王，蝶衣就是他的虞姬，台下菊仙就是他的女人，更是他的妻子。他只是太平凡了，无法体会这两个用生命爱着他的人给予他的厚爱，所以他失去了最爱他的人，孤独的身影中只剩一片凄凉。

爱只是一种可能、一种感觉，甚至是一种默默的付出和深沉的隐晦。爱本身就没有定义，与其说是爱给了人们本能的享受，那么更多的爱是没有结果的，我们在爱里寻找幸福的未来，可是爱情的短暂注定了未来和幸福的时效性。

有一种爱叫孤独，爱着不该爱的人，不能在一起，却想象着用怀念告诉对方，这条路我也想和你走一走，哪怕只有一次，可是却不能，因为我们都没有资格拥有，所以思念却无法再见，所以会笑着哭，会在人群中静默，举起酒杯，烛光下想象你在做什么？这种想念是一种苦楚，更是一种信仰，曾经沧海难为水，除却巫山不是云。纵使走过了，不是因为不爱了，而是因为责任不能再爱了。所以缓缓转身，孤独中绽放的美丽，也只为一个你假装对方能够看到自己的人，为自己想象一双眸子，因为爱着而关注着，不能厮守却也能让彼此知道我们都过得很好。这种错过，叫恨不相逢未嫁时。

有一种爱叫“哥们儿”，孩子般地跟在哥哥们的身后，喝啤酒，抽根烟。不是因为多喜欢自己的角色，是因为当“哥们儿”没压力，能天天见到，能看他们恶作剧爬树摘果子。这种爱情很多见，往往也是无果的，因为共同爱好和才华组成了圈子，圈子里男女都是兄弟，可是毕竟是男人和女人，兄弟义气中的小儿女情怀起伏跌宕，往往很不容易善终。这种错过，叫错乱。

如果要一条条把爱情分类，错过的爱情很多，当你回首错过的爱情不论出于什么目的，一定都有一种感受叫遗憾。因为错过，所以怀念；因为怀念，所以才知道错过是因为前方还有更好的在等你。一再错过，那是你还没有遇到生命中那个绝对不会让你错过的人。

错过是值得珍藏一生的感情，知道是错的过去，一定会拥有对的未来不是吗？不要害怕错过，那是你必须经历的成长，你可能因为错过而受伤或失去动力甚至想放弃一切，但是为什么不换个角度想呢？每种爱情都精彩，你不去经历，如何知道到底你错过了什么？如何丰富自己的情感世界，如何成就真正的拥有呢。

无数次的等待和错过都只为了迎接我们前方的真爱，感激错过的人们，把握拥有的现在，每一次开始，我都会有一个备忘，有些事是一定要和爱人去做的，否则错过了就会遗憾，我不愿意有遗憾，所以我绝对不错过任何一个可能的机会，这样我才会知道我曾经那么幸福过，不悔，不怨……

（文/素心听海）

我不爱你，只是爱上爱你的感觉

也许我并不爱你，虽然你出现在我的视线之内，会让我眼前为之一亮。可那并不代表什么，你像极了青春那场旧梦的主角。

那些青葱岁月如窗外的柳眉儿，早已纷纷扬扬落满过往的罅隙。仿佛祈祷了一千年，等待了一千年，才遇见你。一朵并不太起眼的紫云英，静静开放在站台的石隙中。紫云英性喜温暖，水枯山寒的土丘上到处有它扎堆怒放的身影，就像此时你的孤傲与逼人的英气无处躲藏。

驻足，凝眸，生命的列车在人生的必经驿站做短暂停留。你摇曳着单薄的身姿向我致意，看起来有些干涩，叶脉紧紧收拢，枝节骨干写满艰辛与沉默。从你紧紧收拢的叶片中蹿出一根细茎，顶端开着一朵娇柔的紫色小花，紫白相间的小花直挺挺地立着，像骄傲的公主。我不知道是风还是鸟把你的种子带到这里，也不知道是哪场雨润湿了你的外壳，让你慢慢敞开心扉，接受阳光的照拂，然后生根、发芽、抽穗、开花……那一刻，我多想成为一掬清泉，来舒展你的筋骨、鲜活你的血肉、润泽你的心田……

我知道我不会永远驻足不前，迟早我会回到生命的轨道，奔赴未知的远方。纷繁的尘世无法留住你的花香，我也做不到永远清洌甘醇、永不枯竭。我一直奇怪，你是否有一种神奇的力量，能在如此干硬的环境中花开成霞、灿烂如阳？

令人怦然心动的不是因为你有多么美，最打动我的应该是你身处恶劣环境却无怨无悔尽情绽放的姿态。石隙中的紫云英冷不丁就会被来来往往的旅客踩上一脚，但你不气馁、不妥协，用时间疗伤，一次次把弯了的腰杆重新扳直。多像那场青春旧梦里的主角，为了梦想从一个城市到另一个城市，用自己的才情和辛劳为情筑起一座巢，为爱撑起一片天，努力活出自己的精彩，拓展自己的生存空间，繁衍生息，直至枝繁叶茂。

邂逅，总会让人浮想联翩，一如我在这个小城站台遇见你。你是谁并不重要，重要的是我已感觉到你的渴望、你的敏感、你的温柔。我愿意为你做任何事情，只要你要，只要我有。我不知道这是否因为爱你的缘故，但我喜欢这样的感觉，喜欢围绕在你身边窥探你、呵护你，好让你感知我的存在。

暴风雨就要来了，我知道是我离开的时候到了。亲爱的，让我再看你一眼，好吗？不要那么快就把花瓣收拢起来，即使为了酝酿一粒种子。此时，我隐约感觉到一种难以言喻的痛楚，因为离别？因为爱你？不！与其说我爱你，不如说我爱上了爱你的感觉。爱你的感觉很特别，有点莽撞，有点酸涩，更多的是幸福。

（文/铃兰）

蓦然回首篇

以前说着不离不弃的人，早已散落天涯

世界上最残忍的一句话，
不是对不起，也不是我恨你，
而是，我们再也回不去。

有些人走着走着就散了

我站在人群中有些恍惚，前面那个人的背影真像你。依稀记得最近一次见面是一年前的高中同学聚会上，你一如既往地帮我挡酒。而我豪爽地操起桌上的啤酒一饮而尽，你拍着我的肩膀说，猴急什么，来，哥陪你干了。最后你醉意朦胧地对我说，老弟，你变了。是的，有些人陪你走着走着就散了，哪怕是许过生死的人，岁月蹉跎后也会假装不认识彼此。

作为尖子生，即使被从火箭班踢到普通班，也生来带有一丝孤傲。在同学们面前我表现出自命清高的样子，几个同学试图与我交流碰壁后，我被所有人孤立了。这正合我意，反正我不久就会远离这个“垃圾场”，回到火箭班。那段日子除了吃饭睡觉，我的时间都用在了补习上。

然而世事难料，月考下来再次败北，失去调回原班的机会。那天是周末，我一个人在教室坐了一下午，心烦意乱地翻着言情小说。从小到大习惯了优秀，可我知道，自己除了读书什么也不会。而现在……想到这儿，鼻子酸酸的，我终于忍不住趴在桌上哭了。我把声音压到最低，不想让人看到我的脆弱。

感觉有人推门进来，我赶紧擦干眼泪，假装睡着了。

那人轻轻推了我，“这么冷的天小心感冒！”我眯着眼睛抬起头看到是你又趴下了。“眼眶这么红，不是哭了吧？”你又推推我。

我终于还是爆发了：“滚！”我没听清你后来嘀咕了些什么，反正不是好话。

“想不到你这个尖子生还看这种玩意儿啊！”你像发现新大陆

一样，捞起我的言情小说就跑旁桌去了。当时我的第一想法是，这个人怎么这么厚脸皮！

高二的中秋节，我提前一天逃出了家，看家人脸色的日子实在难以忍受。学校宿舍竟然没有开门，我拎着大包行李，站在风中显得格外悲凉。坐在操场上，望着一群打球的人嘻嘻哈哈，刚好应了那句：快乐是他们的，我什么也没有。打球散场了，一个人向我走来，是你！

你还是那副厚脸皮的样子，跑过来给我打招呼，还调侃地叫我"尖子生"。我没好气地回应你："我有名字。"

快下雨了。你瞄了我身旁的行李，大概的情况你已经猜到了，你邀请我去你家住，也没管我同不同意，就拎起了我的行李。好半天我才反应过来，这是说我今晚不用露宿街头了吗？

在我最无助的时候，你伸手帮助了我。那一刻，我认定了你这个朋友。

慢慢地，我终于习惯了普通班的日子，后来有过几次调回火箭班的机会，我放弃了，因为这儿，有我一大堆朋友，还有同桌的女孩。我只跟你说了，我喜欢我同桌。你戏谑道："我老弟竟然情窦初开了啊，来，哥看看小屁孩长胡子没。"那时，我们以兄弟相称。

我躺在床上，问你我该怎么向她表白。你在对床抽烟，吐出一个烟圈，告诫我高三是非常时期，不能在这个时候出岔子。我听了你的话，压制住了这段感情。可是几天后，你恋爱了。你刻意瞒着我，但还是传到了我耳中。后来，我表白失败了，也没有告诉你。

某晚我被噩梦惊醒，全身冷汗，又听到室友磨牙，吓了一跳。我把你推醒，说做噩梦了，你拍着我的后背说，别怕，哥在呢。我说我失恋了，你点了根烟，火光打破了黑暗，我还是没看清你的脸。你说你也失恋了。我弄了根烟装模作样地抽起来，被呛到了。

我回到床上，轻声问道："为什么没有跟我说你恋爱的事？"你没有回答。

高考结束，我们去了不同的城市上学。我心里还是装着那个同桌，你说我傻，后来我很长一段时间没和你联系。

大学里，一切都是陌生的。班级聚餐上，没有你帮我挡酒，我竟然干掉了七八瓶啤酒，从那时起，我便学会了喝酒，也重新拾回了我孤独的保护色。慢慢地，我们真的没有再联系，给你打电话，提示拨打的号码已停机。我笑了笑，把手机揣进了兜里。

想必你已经认识了新朋友，有了不同的生活圈子，而我们就像交叉过后的两条线，越离越远。你曾与我同行过，但是走着走着，我们终究还是走散了。

（文/李华侨）

一个人的地老天荒

原来我一直在演绎着一个人的地老天荒，自从在那场风波凛然的春雨中与你温馨地不期而遇。从相遇时你的眼神中，我错以为你我会有一段刻骨铭心的故事，后来我知道了，原来那样的错觉只是我一个人的。为爱尽情地舞蹈，一直以为你是我今生最真的舞伴，可是直到最后我才明白，一切都是我自作多情的演绎。你不过是无辜地被我拉进了我一个人的地老天荒。

为何那雨是那样柔和，轻得如风一样，那样沉迷。我远远地注视着你，没有雨伞，缓缓地向我走来。你微微地笑，那笑中包含着怎样的幸福，于是，我与你撑着一把伞走在了一起。后来我才知道，你一直在等待这样一个机会，那场雨只不过是老天给你的帮凶。就这样我迷失在了你用心点缀的梦幻中，遇见你是何等地美。直到你离开的时候，我才恍然明白，原来这样的美丽不过是心殇的开始。

我记得初次见你时的眼神，就是那明亮的目光把我的心牢牢地拴住，我明了今生的这场劫难在所难免。

我仍然披着为你而蓄的长发，我的心涌现出的只有酸楚。当时的我们是如何相爱，今生的爱恋是何等美丽，只是因为遇到了你。

为你，我可以做任何事情，我从不奢望你能为我付出全部，只想我累的时候你的肩膀能给我依靠，希望你是我今生最美的依恋。

直到最后我才明白，这一切只是我的一厢情愿，你不过是一个被我拉进来的毫不知情的观众，我才恍然，两个人的爱情一直是我一个人在演绎。我只记得当我轻轻地偎依在你的肩头时，是如何安逸。我不知道，今生应该用怎样的心去爱你，如果那场大雨再重新来一次，我依然站在那里，静静地守候着一场情意浓浓的相遇。即使最后的结果是我一个人忧伤。

在这个浓情似火的6月，我披着为你而蓄的长发。我不想将其剪掉，不是我无法忘记你，只是为了我自己，至少见证了我们走过的岁月。我也会记得曾经有过幸福，虽然那是我一个人的独角戏。我在自己的故事里被感动，迟迟不肯离去，只因故事里有你。

现在我终于在这个风起的时刻明白，我们谁都不会是谁的谁，两个人的爱情，一个人去演绎，无论怎样都不会是幸福的结局。

我无力地渴望着一个真实的约定，明知那约定必定是遥遥无期，却依然呆呆地守候，只希望有一天，奇迹会发生，那是一种多么奢侈的感受，又是一场如何让人眷恋的美梦。我要用什么样的勇气去修补你给的伤痛，你是否真的如此，将我一个人绝情地抛弃在这了无人烟的戈壁。你可否感觉到，一颗心因你而在默默地承受着悲伤。

我决定，将我的长发剪去。或许下一次依然是我一个人的地老天荒，但是我依然会静静地等候，我依然会全心演绎，只为自己无憾的人生。

雨，如期而至，我一个人静静地站在窗前，听着雨滴落下的声音。我想化成这雨滴，顺流而下，然后向前，流向自己的方向。不去眷恋，不去悲伤，不去回忆，走过的路再无法回头，再也没有念念不忘的牵绊心头。

当我的长发再次蓄起的时候，我依然会同样地执着，面向太阳升起的方面，双手合十，做出最虔诚的姿势，默默地为自己祈祷，祝福我曾深爱过的你。即使，这场爱情，只是我一个人在演绎。

（文/天蝎碎梦）

以前说不离不弃的人，早已散落天涯

遇见你，像遇见一场烟花的表演。一直在想，所谓恋爱，大抵是一场一个人的游戏，欢喜是你自己，苦乐也是你自己。

恋爱时，每天清晨的早安短信，临睡前的晚安，都会让人由衷欢喜。分离时，想想再也见不到当初他冲你最普通的一个微笑，心都会碎了。

一个人的世界，只能选择独立和坚强，没有人会给你承诺一个确定的明天。是吧，手心的温度和脚下的路，是你自己的事，但是生命中谁来谁走，你却无法主宰。

多希望能找到一个可以表达想念一个人时确切的样子。那样束手无策，那样心慌意乱，那样欲哭无泪……是的，我可以忍住所有悲伤不掉下眼泪，我可以忍住不让别人看到我脆弱的样子，可是，谁能制止住想起你时我灵魂的颤抖呢？

我一直都记得，某个安静的深夜，我们曾那样真实地依偎在一起谈论不可预知的未来。我们从如何举办婚礼、生男生女、怎样教养孩子、怎样生活工作……一直说到离开人世的那一天。似乎这一生真的就那样简单，按着这样的顺序我们就可以幸福地相伴一直走到生命结束的那一天。似乎人生真的这样短暂，只需一夜就说完了。

可这一生那样冗长，那么不可预知，那么复杂善变……从来没有人告诉过我你会离开我。风没告诉我，梦没告诉我，你也从未亲口对我说过。

打开QQ忽然发现他的头像亮着。我想对他说想念，有时会想到心痛。最后，只能两两相望，问一句：你还好吗？

你好吗？真的好吗？你知道的，不管我们相隔多远，多久没有联络，我都希望你幸福，真正地幸福。哪怕那些幸福和我毫无关系。

曾经因为有你，让我觉得这个城市最温暖；也是因为你有，让我觉得这个城市无尽悲凉。你走了，我一个人走遍了当初我们曾一起走的路，想象着你当初在我身边时的表情，细数了每一个幸福的片段，哭疼了每一个来时的脚印。

亲爱的，我会忘记你，会遗忘过去的我们，也终有一天会原谅那段暗淡无光的岁月，原谅你曾拿着刀子捅过的内心。也终有一天，我们在彼此的世界不留任何痕迹。我剩下所有时光都在等待，等待岁月让我忘了你，或是刻骨铭心而终老。

很多人说，年少时这样的感情只是一个过错。后来我一直想，既然是过错，为何不能转瞬即逝，人已经走远却还要在对方的世界里，漫长地腐蚀。

“我的男人”许是太温暖的字眼。以往我在想什么的时候我才能大声又骄傲地告诉世界，我有了我的男人。他能给我世界最温暖的怀抱，然后我就可以嘴角上扬，告诉全世界，他亦是我此生最爱的人。

那一刻，你送我上车，告别的时候，我想说：我可不可以抱你一下。我终究还是没有勇气说出来。车子缓缓地离开，你就站在车外，微笑着挥手向我告别。我向你挥着的手，在车门紧闭的那一刻，紧接着拭去了眼角掉下的泪。

我知道在未来，在以后，我们能够相见的机会接近于零。谢谢你陪我度过的那些岁月，我会把记忆牢牢地锁在心里，有些话，说不说都不再重要。说来说去，你我都终不过是相忘一场。

爱，开始和失去都是那样让人始料未及。亲爱的，如果可以，下一次能不能请你为我擦去眼角的泪水，在盛世繁华的闹市中，你给我温暖怀抱，告诉我，会永远疼爱我。

你是不是在过着这种生活，没有爱吃的东西，没有爱听的歌，没有想去的地方，没有爱的人。

（文/紫月）

爱你，注定是我一个人的独角戏

满脸的笑容，依然抵挡不住岁月的沧桑。我的难过是你看不穿我表情下面隐忍的痛楚。原来在你下定决心要放弃一个人的时候，心真的会很疼很疼。

看着电影里的情节，故事的画面有一些回不去的惋惜，她在等他回头，他在等她开口，彼此僵持的沉默，错过了可以幸福的机会。那时我就在想如果我喜欢上一个人，我一定会告诉他四次。第一次，以开玩笑的形式说出真心话；第二次，在别人起哄的时候试探他；第三次，要认真地与他单独诉说；第四次，无论怎样僵持，在死心前都要再说一次，这是最后的绚烂。四次过后，无论是得还是失，都不会后悔，来日再见，也不念过往。

我喜欢蓝色，喜欢寂静，喜欢清风，喜欢一切美好的风景，偏爱大海。我喜欢站在沙滩上与浪花嬉戏，听海风歌唱，看海浪追赶，眺望海鸥归来，一望无际的蓝让我感到无比心安。

一个人的沙滩，一个人的午后，一个人的漫步，一个人的遐想，一个人等待夕阳西下的美好，一个人的忆起，却不知当回忆的风吹起时，风尘就会迷住双眼。曾经在我心里高调闪耀着的浅蓝色的封面，上面打印着傻傻的梦：多希望有一天以朋友的姿态来到你的城市，然后一不小心就跟你白头偕老了。幸福就幸福得彻彻底底，悲伤就悲伤得淋漓尽致。

这个梦随着时间的离去，天时、地利、人和的阻拦染上尘埃，被封印在记忆的长河里，“丁零丁零”地歌唱着那段蓝色忧郁。在不可能的地方，遇上不可能的人，期待着不可能的故事的发生，这本身就是一种愚昧。

若君为我赠玉簪，我定为君绾长发，我浅唱着缘分的微妙，缘分总是如此地出其不意，故事发生在我意料之外。那个惊艳青春，吓哭了爱情男生，高高瘦瘦，如此秀气，一下子就惊醒了所有感觉。我埋下了那颗想偷偷去他的城市偷偷看他一眼的种子，纵然知道即使望穿秋水也等不到他的回眸。

喜欢上他是在那年的6月，阳光灿烂，荷花开得正艳，他泛着浅笑深深地住进了我的心里，惊艳了时光，自此心里满满的都是他。

我慌了神的告白，等来的却是永无止境的沉默。

当他告诉我，我们的故事不会有结果时，倔强的我不肯认输，以为只要坚持下去就可以等到心心相印。直到后来才看清自己的执念注定是一场悲剧的独角戏。

他潇洒地对我说了声再见，他的不在乎更透析了我的心酸。有人说感情就像跷跷板，一人占了上方必然另一人处于下方，而我却卑入尘埃。

放下的那一刻会心疼，是因为那一刻放下的是自己执念、坚持的付出和最美的时光。在那些坚持等待的岁月里，早已分不清是因为太爱还是不甘心，因为唯一知道的是现在除了放弃，已经别无选择了。或许是该放手，给自己一条生路了。

曾经因为喜欢上一个优秀的人，所以努力想让自己变得优秀，最后那个优秀的人成了别人的人，我也没有成为那么优秀的人，但是从那个想变得更优秀的过程中漫延出来的勇敢在以后的人生里必然会开出花来。

喜欢他。在那个对爱情似懂非懂的年龄，看着他的照片傻笑，看着与他的聊天记录，默默心疼。再后来，祝福他与别人白头偕老。不再求与他有发生什么故事的可能，唯愿此生站在远处，安心祝他幸福。

（文/莫小青）

在青涩的年华里，我曾爱过你

那时，她和他还那么年轻，16岁，如花般的年纪。

高二，课程很紧。学生们晚上都上自习。有一天自习课上完了，忽然听到有人惊呼：“下雪了！”疲惫的学子们听到后便蜂拥而出，赞叹着，惊讶着这美丽的银白世界。

纷纷扬扬的雪花，自遥远的苍穹，柳絮一般轻轻坠下。

她忍不住跑出去看，回头看他也搁下笔，走了出来。心中忽然微微一动，似有清凉的芬芳在萦绕。

他们不过是普通同学，见了面，微微一笑，或者淡淡打个招呼，仅此而已。其实，她已经悄悄喜欢他很久了，而他却全然不知。高中繁重的课业，只能让她悄悄守护心中这一脉清凉的暗恋，守护这无人知晓、独自芬芳的秘密。

站在教学楼的走廊上，大家都被那场突然降临的鹅毛大雪，迷得神魂颠倒。

他的眼神是那么明亮，侧脸在苍穹下显得如此英俊。她一时怔忡，只觉心满意足，别无他求。就这么静静地，和他看着雪。

他忽然低头，看了看表，说："该回去了。"

她点头，收拾书包和同学们一起走。鹅毛大雪仍在纷纷扬扬地下着。凉气逼着面颊，冷意侵人。她瑟缩了一下。

他走在她身边，忽然说："你家远不远？我送你回去吧！"

她转头，微微一笑：“不用了，现在很晚了，你还是回家吧。我家很快就到了。”

他点点头，在橙黄的路灯光下，大雪纷扬，他的眼神温暖地看向她。

她忽然觉得有些心慌，赶紧摇手说：“再见！”背着书包走了几步，回头说：“你也路上小心。”没有等他回话，她就慌乱地走了。

她真怕这一瞬自己因为心悸而瘫倒。这个夜晚，她回到家中，冷得直打战，妈妈赶紧给她放水洗了个澡。坐进温暖的被窝里，捧着一杯冒着袅袅热气的牛奶，她静静地望向窗外。

大雪仍在纷飞。她静静地捧着那牛奶，心里浮动的，都是刚刚他的那个眼神。

漫天的鹅毛大雪中，他唇角带着笑容，眼眸那样明亮，仿佛漫天星光落在了他的眼眸之中，炫目得让人不敢直视。

世界如此美好，如此安宁。

后来，光阴荏苒，时光流逝。不知不觉间，岁月一下子就从指缝间溜走了。她想着，16岁的时候，总觉得高考距离自己还是那么遥远，永远也不会来到，可以一直在教室的后排，偷偷地看着他的背影。但时光一下子呼啸而来，高考，考研，然后，长大，工作……人生突然间就过了大半，都没来得及怀念。

她终究还是失去了他。高考后考上不同的学校，尔后就再无联系，也没有像小说或者电视剧里所说的那样发生多年后重逢那种美丽的邂逅。她不过也和普通女孩子一样，邂逅一段爱情，平平淡淡地结婚，生子，过着柴米油盐的生活，日子一直处于波澜不惊的状态。

而她总是记得，那天的鹅毛大雪，雪中他明净而温暖的眼神。

那个场景，真像童话，一个永不再来，也永不褪色的，青春的童话。

（文/张觅）

岁月让一些人成为过去

如果，往事不能回首，现在我该如何去见证曾经的脚步、路过的风景，又该如何眺望得清晰如初？倘若，真的是我忘了，心里却为何会在不经意间，触碰那一页页泛黄的故事，想起有痕，念起无言。假若，只是因为怀念，此时的残烛又该如何才能照亮回忆的前方？

回看当年，当我还是个年少轻狂、不谙世事的少年时，朦朦胧胧混一天，浑浑噩噩又一年，糊涂得不觉桃花瘦去几多年华，麻木了落雪送走过几寸光阴。如今回想，莫名地想笑，却又不知为何怎么也笑不出来，是有太多遗憾，还是可惜了年华？

倘若可以，我宁愿像蚕虫般长久地冬眠，蜷缩在自己小小的心愿空间，梦醉在昨日的花样年华。只是可惜，这注定没有的答案的奢望，终究还是抵不过似水流年，梦依然会醒，碎在风雪漫天的旷野。

倘若可以，我想把走过的年岁一一忆起，将悬挂心头的故事写进时光的缝隙，变成生命中一幅美丽的插画，以此祭奠老去的年华。可是我知道，我没有那样的能力，也没有足够的回忆，只有断而又续、续而又断的画面，凝聚成如今不成章的文字。

站在记忆的桥头，在那些春去秋来的季节里，我不知道送走了几多曾经的相遇，也忘了落雪的时分，曾参加过几场匆匆的散去。我不知道，在往后的日子还将重演几次过客的角色；也不知道，接下来的故事，会发生在哪季花飞风舞的好时光。我只知道，在悄然离开的岁月里，不管是未知的将来，抑或是难忘的曾经，那些画面也终究是个答不出的谜。

时光留在岁月的痕迹再也无法看清，被年华洗礼的故事，只能偶尔在梦里想起，梦醒时便随着月儿的落下，瞬间消失在夕阳的起点。留下的，只是如今无奈的感叹，纠缠在梦里梦外，让我笑在梦来那刻、哀在梦去那时。就这样把我撕扯在忆起与忘记的中间，经受着冰火两重天。也许，这便是人们常说的冷暖自知吧！

我知道，过去的始终不能再回头，散去的身影是记忆的遥不可及，舍与不舍，都得跟往事挥手。是的，挥手告别，跟曾经的年华挥手，向昨日的岁月道别，把种种相聚离散诠释成一个词，那就是再见。再见，很多人和物、情与事都会变成再也不见，一如走散在年华里的可爱身影，一如老去的青春岁月。

我知道，时光如梭，岁月无情。只是我还是不甘它就这么剥夺了光景，从来也不考虑我的感受，也未经我同意，就这样偷渡了。更不甘的是，流年在脸上狠狠地写上它走过的痕迹，折叠成一道道岁月的斑驳，把光阴葬在一路顺风而行的时间里。

也许，这就是狂妄的流年吧！为了追赶未知的将来，总是勇往直前地奔跑，从来也不会因体力虚耗而停下来歇会儿。是否，年华可以稍稍地停留一会儿，也就在那一刻我写全经年，也结束了故事。

只可惜，这异想天开的祈求，终究还是不能如愿以偿，岁月从未为谁停留过，也不会因为山崩海啸而忘记了走动。故事也不曾许我记起，就一一消散在年华里。而我只有无奈地让故事开在梦里，消散回忆。

或许，有些事早就注定了结局，有些相遇也早就安排好了要散去。身为凡夫俗子的我又能怎样，唯一能做的只是想想曾经、念念故人，仅此而已。也许，回忆就像在慢品一壶美酒，越品越香，越香就越喝，喝着喝着便醉了。

（文/残阳）

重温来时有你的路

如果在世界上，有这样一个地方，只有微风拂过，放眼望去是一片广袤的绿色风景，那么，我会不顾一切地去追随。

在人生的旅途中，我在慢慢地找寻自己的那处风景，闭上眼睛时，会感触到清风拂过脸颊的柔软，会闻到沁人心脾的芬芳。每个人的旅行都是美好的开始，回到原本我们曾经遗忘的那个角落，寻找那已不在的人。

曾经，我爬上山峰，去看夕阳的落幕，鲜血般的红色，多么浪漫的景色，一个人独自站在离夕阳最近的地方，闭上双眸，慢慢地享受夕阳渐渐地从山脚落下去的美丽。

是不是我依旧没有忘记过去的一切，还是因为从来没有与过去的你分开过？我慢慢地徒步在山头，似乎这风吹来的，都是曾经熟悉的气息，我字迹间的你，是否还在？你画中的我，是否还是往昔的模样？是不是岁月已经将我们都遗忘？

如果不是时间的故意雕刻，我们又怎么会站在两个不同的角度看着彼此。夕阳慢慢落下帷幕，夜色开始慢慢笼罩在山头，我消失在夜色之中，离去……

我行走在茶花树丛中，手指慢慢地触摸着茶花洁白的花瓣，看着四周的茶树，我发现在某棵茶树下面，站立着这样一个你。你未曾改变，只是时间残忍地在你俊秀的脸上刻下了岁月的痕迹，那双清澈的眼眸，透出的依旧是你不变的爱意。我向你走去，伸出手，还想抱着你，你却如烟般地匆匆离去，消失不见，只留下一层薄薄的轻雾。我触及不到的是你的心，看不见的是你的脸，我们已经回不到过去。

有些情，虽然短暂，但已经刻在心间；有些人，虽近在咫尺，却一生无缘。

重新整理好我的行李，锁上门，重新开始我的旅行，继续寻找消失的那些人，不变的誓言。我脑海中的你，忽隐忽现，微笑着的你，那么阳光，如朝阳般灿烂。而我，夕阳般地燃烧掉自己的记忆，已经，慢慢地消失。

或许，每个人都需要一份清新的心情，去找到一份自然的爱情，那份爱情，只为自己而存在。因为在世界的某处，一定有一段属于你的爱情。所以，我想回到我们的爱开始的地方，重新追随我们相爱的痕迹。我写过的每一个字，都是划过心间的思恋。我放不下的，始终放不下。遇见你是我人生旅途之中最美丽的风景。

爱情其实很简单，不需要用世俗的眼光去看待，只是需要我们用心去呵护。爱不是一种利益，如果把爱当作利益去处理的话，那么我们每个人都将成为爱的牺牲品。为何不带着一份单纯的心情去寻找那份清纯的爱呢？既然选择春风般的爱情，又何必思索那秋雨般的过去呢？

我回到爱开始的地方，找到了曾经属于我的那份爱情。我们都以为那份爱情是在不断攀爬之中才能找到的岩石，殊不知，只有怀着一份淡然的心情，慢慢地去寻找，才能见到真爱。我们的爱，在人生的边境上徘徊。

季节的迁徙，为的是下一次美丽的开始。阵阵的清风，带来丝丝的温柔，等待月亮再次升起，穿过苍山洱海……

日子就这样在老房子的角落里慢慢划去，如流星划过天际，带走一颗微尘。几个短小的字，却藏着说不出的感动，泪水打湿的脸颊，只是诉说着等待的年华。慢慢地，我累了，也许是不断旅行，使我的身心疲惫不堪，好想就这样睡去，慢慢地睡去，不带走一袖清风，只是将美丽的风景裁下来，放入我的梦乡，甜甜地带上微笑，慢慢地闭上眼睛，回到爱开始的地方。

（文/碧落壁龛）

思念，是这样美好的事

思念是什么？若我这样问你。你能给我确切的回答吗？

也许，你会在某个飘着微雨的清晨，仰头看着灰蒙蒙的天，轻轻伸出双手，接住那滴滴洒洒的雨丝，心中默念起某个人的名字。

清明时节，你有太多话想对那个人说，只是你们相隔太远，甚或你们已经天人永隔。于是，这雨便成了那个人带给你的问候，他拜托春风把问候送到你身边，只想让你知道，他挂念着你。你会说，思念是场飘满爱的雨。

或者，你会羞涩地把头垂下，然后扯着裙子的飘带，柔声细语地说思念是一把吉他。因为那个炎热的夏季，他弹奏的吉他曲带给了你些许清凉。于是，你笑了，深情地看着眼前那个高大帅气的男孩，心里满是喜悦，但目光中又饱含娇羞。

秋叶零落，思念如歌。你踏着清寒默默无言，兀自立在桥头，远望着归航的船。飒飒风声中夹秋凉，片片真情融心端。他近了。许久的思念已化作无言，纷飞的泪珠却是你赠给他的最好礼物。于是，你们拥抱，倾诉着相思的话语。于是，你抬头，笑道：好一个艳阳天！

又或者，你会把脸转向窗外，细数空中的点点星子，也在心里盘算着他的归期。你会把头倚靠在窗框上，心里又是气来又是怨，可到底，你还是会给他打个电话，叮嘱他注意身体、小心着凉。或许，他那边正飘着大雪，可你的叮咛却是他最贴心的温暖。

思念，在每一分，每一秒；牵挂，在每一时，每一刻。这牵绊的弦扯得越紧，心中的煎熬就越深。思念痛苦吗？不，它很美丽。唯有在思念时，你们才会忘记曾有的不快和气恼，你会埋头想道：是啊，早知道会有分开的这天，我当初就不会那么气他了。可是，后悔毕竟没用。我们只能请明月送去祝福，托晨光捎去问候。

你会想，在那抚弄桃花的风里，在那带走酷暑的雨里，都弥留着你们火热的誓言。风会吹去哀怨，雨会冲刷走愁绪，可是，藏在心灵最深处的思念呢，它依旧啃噬着你的心，使你泪流满面，而你不愿用手抹干那泪，是啊，一滴泪珠，一点思念。

思念，是一株娇艳的花，鲜丽动人，惹人疼惜。它带着春天的梦摇摇摆摆地绽放于你的面前。

思念，是一棵壮硕的树，枝粗叶绿，令人称赞。它挟着夏季的雨淅淅沥沥地滴落在你的周围。

思念，是一朵轻盈的云，洁白无瑕，引人遐想。它载着秋天的收获欢欢喜喜地飘到你的身边。

思念，是一抹晶莹的雪，缤纷清凉，让人喜爱。它含着冬季的等待飘飘洒洒地坠入你的心怀。

感悟思念，享受着最纯、最真挚的情怀！

（文/马超）

忘记一个人，离开一座城

即将背上满身行囊，奔赴下一个渡口，这才突然发觉，原来在这座城市里，我真的什么也没有留下。

也许对于这座城市来说，我只是个失败的逃客、无情的行人。我用它来遗忘曾经在另一座城市受过的伤、犯下的错，这是怎样的自私？没有来这里的时候，我在想它精英聚集、英才辈出，一定是个繁华之至、车水马龙的大都市。可是来到这里之后，我却发觉其实不然。

这个城市虽然很繁华，但却被群山包围，绚烂中透着宁静，宁静中又不失大气。满眼忘不尽的山峦，连绵不绝、重叠耸立，我想至少那一刻我是沉醉的、是心安的。只是请原谅那时的我并没有太多心情去看这个城市有多美，我蛰伏在这座对我来说无比陌生的城市，甚至连多看一眼窗外景色的兴趣都不曾有过。现在想来，那样的我是不是很狼狈，明明知道人生无处可逃，却还是想给自己做一个牢笼，让自己走不出去，也让别人走不进来。

是不是失去后才懂得珍惜？亦如我对于这座城市的情感。可是如果失去，那一定是曾经拥有过，就像伤害过那必然是曾经深爱过一样。而这里从来都没有在我心上，从来没有被我装进记忆中，此时我又该如何去珍惜呢？我像木偶一样穿梭在忙碌的工作和劳累的生活中，我不知道这算不算真正的淡漠如水、安之若素，但至少我真的生活在了自己小小的世界中，也许也真的成了套子中的人。无论身边的人多么吵闹，都与我毫无瓜葛；无论周围的事多么新奇，都与我毫无关系。

她们说，我是个内向的女孩。我发自内心地笑了，同时我也佩服自己的演技该有多好。这样也好，我可以做一个她们眼中安静的女孩，不争不吵，不闹不喧，我可以有更多时间去思考我接下来的路该怎么走。

我们都不是时间的勇者，付不起的是失去光阴的代价，输不起的是转瞬便会消逝的青春，赢不来的是痛到心底不会复活的心灵。那时的我总在想，在这场似水年华的青春戏剧里我是不是真的输了，输掉了自己那么向往美好的心，输掉了对未来的所有希望。所以我必须蹲下来好好地抱抱自己，在这里重新找到我生活的支点，在这里重新燃起我希望的烈火。

我开始让自己忙碌起来，我厌倦人群中喋喋不休的私语；同时我害怕深夜里深入骨髓的孤独。戴上耳机，把声音开到适中，然后在单曲循环中安然入睡，闭上眼睛后，整个世界便与我无关。会不会有一刻你也和我一样，希望自己不要醒来，因为醒后的世界你只能选择继续面对生活，就像无论你用尽多大力气也无法更改既定的事实。这是多么残忍的无奈，一时间竟道不出只言片语。于是，我睁开眼睛又看到一个同样的自己，盲目、迷茫、孤独，或许还可以用更多词去形容。从来没有想过，自己可以安静到这种程度，仿佛觉得说每句话都要付出很大力气，走出的每一步都需要莫大的勇气。

记不起是何种原因，我慢慢开始沉迷于云水墨香的文字中，更不知是什么时候，我似一叶兰舟竟醉入了水香凝韵的文字海洋中。我想我是欣喜的，我终于找到一种方式让自己不再无休无止地沉沦在自己悲伤绝望的世界里。

记得有人曾说过时间是治愈伤口最好的良药，无论你曾经遭遇过什么，时间都会替你抚平，然后告诉你一切都已过去。很多你念念不忘的事和人，只在白驹过隙的日子里一点点慢慢远去。当你再去追忆，却发现零碎满地、踪影无寻，你记不起当时为何那么难过，也忘了到底是什么让你如此割舍不下。想一想，这个让你一直委屈、心酸的始作俑者其实是你自己，是你画地为牢，是你以苦为乐，也是你将自己置于暗无天日的世界里。而在更多的时候，你在责怪是谁让人无处可依，是谁让你无路可退？放开自己，也是成全别人；折磨自己，也是糟践别人。

于是，我重新学会了微笑，在人群中喧闹，在笑语中绽放，原来，笑声也可以如银玲般动听。于是，我开始学会用心看这座城市，用心走这里的每一条路。原来，它一直在那里，一直都是那么美。我开始怪自己是那么无情，竟然可以忽略它到这种地步，从来没有发现过它的美，更没有停下来认真地看看它。可是当我想安然地与它共度一段年华的时候，我却不得不因为一些原因即将离开这里。此刻心中竟油然而生出些许的不舍，我是那么清晰地知道离开就意味着失去，人生又何尝不是一场孤独的旅行？你我都奔赴在一场场相聚离别中，从一个戏台的主角转变成另一个戏剧的配角。有时候甚至连说再见的时间都不曾有，便匆匆而去。

临别之际，对于这座城市我想还欠下一声谢谢。感谢你接受了曾经作为逃客的我，在这里我终于将背上的行囊丢尽、将心中的困苦放空。如果这是成长的代价，那么我付出了，同时也学会了成长。我终是懂得原来什么都可以失去，唯独不能失去希望；原来什么都能放下，唯独不能放下理想。纵然前路是未知的，但我不再害怕，我要以奔跑的姿态让自己活得独一无二。也许未来还有艰难，但我不再想逃，我要以淡然的心境去做生活中无畏无惧的勇者。

当这个城市在我眼中越来越模糊时，我知道自己正在离它越来越远……

（文/夏浅兮）

浮生尽，尽枉然

曾几何时，与你携手江南、共睹那场烟雨；曾几何时，与你看那段花开花落、云卷云舒。只道是现实太过悲凉，给我徒添一个残梦，多少镜花水月，被掩埋在红尘烟雨中，弄不清最后消散的是梦还是现实？挥手笔墨，将你那嫣然一笑永远定格于心间！

漫步于凌山小路，四处寻觅你的芳香，于山水竹林中穿梭，于黑夜白昼中流浪。曾几何时，与你漫步林间路，轻撩薄纱含羞目，如丝香袖手中抚，百蝶随伊花丛舞，悦耳歌谣环绕谷，那一刻，万物静止，没有时间，没有天地，只有你不曾忘却的容颜。只是刹那，便是永恒！

一海角，隔不了两两相思，一天涯，断不了两两深情，愿用三生拒饮那梦婆汤茶一碗，只为三生把你相思。独自埋山间，倾听风起水长流，飞花澹荡柳似梦，举杯望穿了残生，且听风吟，吟不完一生思念，细水长流，流不完一世情深！风起云涌岁月溅，青山秀水心痴恋，落红成伤满地现，绿柳寥寥独思念！独卧山涧月漫漫，花摇树摆风连连，静数落红一片片，儿女情长意绵绵。

提笔绘痴念，浅录沧桑谱素年，浮华若梦终成怨，何苦持笔难舍篇，回眸笔落处，一阕清词渲纸间，一段过往化云烟，一朝惆怅醉酒眠，一世离琐永难现。一笔难尽红尘路，翻页覆雨斑驳舞，黯然隔世空魂处，残月寒竹话凄楚，墨色白纸染离书，痴痴期盼苦苦读。

人间恩怨谁先醒，凡尘世事如春蚕，空吐情丝自缠绕，无非冷暖蚕自知，繁华一瞬，执着何用？今上高楼揽明月，偶开天眼觑红尘，可怜身是眼中人。剪不断离愁千丝，理还乱别绪万缕，遮不住青山隐隐，流不断绿水悠悠。魂牵梦绕在心间，山盟海誓皆说遍，付与东风了云烟，水遥山远独思念。情知此生难舍弃，何似来世蝶双飞，醉看他人成双对，亦胜无人相思泪。

一场寂寞凭谁诉，倚斜栏，望阑珊，算前缘，总无言！凝眸以无意，烟雨相逢望前生，空抛红豆相思泪，山高水长伊何在，儿女情长君无奈！千头理万绪，咫尺如千里，问酒醉迷离，何以步错棋？空有张良计，浮生已无意！伊人在前无从诉，枉费千百相思度，纵有万千心腹，终以难相付，几世情舟荒芜渡，难斩情丝不忍顾！

一醉前缘风雪散，飘然何处？虚幻大千如花月，一邂逅，墨染举杯自难忘，相逢一笑，不相识，又何妨？泪自酸，血自咸，谁知心中是苦甜？金自黄，银自白，肯为伊人散万金！此生儿女情，尽付东流水。

抚琴轻吟泪满衫，朵朵梨花落满肩，费思量，情难酿，落花随风去何方？落也伤，留也凉，终归凡尘尘归尘，终付黄土土归土，随风飘，随雨零，落红千百始留香，纵然修的同床渡，到头不过归黄土。

双脚以踏尘世楼，一肩担起千古愁，昔日青丝今在否？纵使长青空泪眸！浮华一生谁看透，虚度年华岁月走！人生一场大梦，世事几度秋凉，夜来寒风几度，百花凄零难诉，残红辗转不复，随风天涯曼舞，皓月幽幽何属？今冬不胜寒暑，只把梅花轻数！

情虽浓！意虽浓！红尘情丝乱千重，路同归不同，陌路且相同，何必锁心瞳！

缘尽忧！份尽忧！浮生辗转几时休，回头天尽头，天涯若有头，何苦觅天楼！

（文/翰墨染）

此去经年篇

一转身，
一经年，一辈子

世界很小，
城市很大，
欠缺缘分的人也许终身都不会再见了。

很爱很爱你，只有让你拥有爱情

当电台里缓缓地放出《很爱很爱你》这首歌时，梦欣在细数着和他仅有的几张照片，翻来覆去，覆去翻来，一张又一张地把玩着。暗恋他已经不是一天两天的事了，也许他早已从梦欣多变的表情里觉察出了什么，但介于另一个她的存在，他们之间的关系，暧昧中又带着点儿疏远，或许，这就是爱情与友情的区别吧。

他曾说过，爱上一个人不是那么容易的事，爱上一个根本不爱自己的人就更难了。是他先爱上那个女孩的，那时她身边已有了很俊朗的男朋友，但他不介意，一如既往地对那个女孩好，疼惜她，就像梦欣同样默默地在他身边支持他、鼓励他一样。

他默默地付出，终于在女孩受到伤害的那天感动了她，她含着泪对他说：“你一直视我为珍宝，但有的人却不懂得珍惜我，我何必去为不懂得珍惜我的人伤心难过呢？如果你信任我，那么请给我一点儿时间，我会把有关他的一切都忘掉。我心里，从此以后，就只藏一个你。”梦欣知道，她失恋，他会心痛，而梦欣亦因为他的心痛而心痛。他听到女孩的真情告白，脸上划过一丝欣喜，但很快便消失了，因为他知道他还需要等，等待她的心完全被他占据的那一天止。

“机会不是随处可见的，她能给你机会就说明她开始在乎你了，你要更加疼惜她，知道吗？”梦欣咬着嘴唇提醒他。

“谢谢！我会的！”他的一句“我会的”把梦欣所有梦都打碎了，从一开始喜欢上他，梦欣就知道，他心里装着的永远不可能是她——如梦欣。但梦欣依然固执地认为，爱情是可以通过时间来培养的，是可以建立在彼此熟识的基础上的，是可以像他和她那样日久生情的，当然，爱情也可以是默默地为之付出，最后又默默地退出。爱情，有时可喜，有时可悲，有时可叹。

时间轻轻地滑过，当女孩终于欣喜地挽起他的胳膊向朋友们介绍“他是我的男朋友”时，梦欣的泪已经流干，伤心与难过早已成为过去，只是有时看着他们甜蜜地腻在一起时还会有些许的不开心。还是退回到“好朋友”的位置吧，只要曾经“很爱很爱”就好，梦欣这么想。

“地球上两个人能相遇不容易，做不成你的朋友我仍感激，很爱很爱你，所以愿意舍得让你往更多幸福的地方飞去……”

奶茶轻柔的歌声四处飘溢，梦欣终于鼓起勇气拨通了他的电话，让那根细细的电话线将“很爱很爱你”几个字传达给他，没有别的意思，只是想在不隐瞒的情况下完全忘记。

“我知道，只是我们不合适。”他淡淡地说着。梦欣笑了，很轻松，也很自然。原来他没有爱上梦欣，并不是因为那个女孩，而是因为他们本身不合适。“我喜欢温柔的女生，而你，大大咧咧的。我想，我们做朋友会一辈子牵扯在一起，做情人却会很难相处。”

“或许是吧。”梦欣点点头，赞同他的观点。爱情不是时间可以磨合的，需要彼此相吸的灵气，梦欣并不是输给他的，而是“输”给了自己的性格。

“不过我也挺喜欢你的性格的，拥有这种性格的女孩子与众不同，很耀眼，很特别。”他最后的话令梦欣感到很兴奋。她想，或许这就是他们之间的友情可以得到长久维持的原因吧，他喜欢她的性格，但却无法爱上她。

“我想她的确是更适合你的女子，我太不够温柔、优雅、成熟、懂事，如果我退回到好朋友的位置，你也就不再需要为难成这样子，很爱很爱你，所以愿意舍得让你，往更多幸福的地方飞去，很爱很爱你，只有让你拥有爱情，我才安心……”

一遍又一遍地反复听着奶茶的这首歌，梦欣不禁泪流满面，她最后只想对他说一句，很爱很爱你，真的，曾经……

（文/李雪）

一转身，一经年，一辈子

一转身，那个动人的身影就不见了，在人海中想再次找寻她，再次相遇，哪怕只是匆匆一瞬，却也是遥不可及的梦了。

或许，成长就是这样，总要与很多人不断地擦肩而过，在这一次又一次的转身里，渐渐习惯了后会无期。然后从容地去遇见下一个人，就像在爱情的游戏里一样，有人退出了就会有另一个人补上来，还是原来的规则和戏码，也并没有多少不快乐。

时间是最好的医师，它帮你开刀，放了记忆和对方的影像，而你一点儿也不知道，直到那个人再也不出现。其实，留下的些许痕迹不过是证明了我们心中对于被遗忘的恐惧。人与人之间，时间和空间并不是阻隔，人心才是真正的阻隔。当有一天隔着时光回头看时，你会发现，原来，时光仍在，只是我们之间发生了变化。在时间不动声色的强大力量之下，那些划过彼此生命的流星，那些曾经留驻过的微笑，在时光的遮掩与消磨之下，终将散落流离，注定后会无期。

有些人，有些事，我们只能将其封存在记忆深处，在我们一次又一次的念念不忘之中，最终任其流离。

或许有些人本就是用来错过和后悔的，无论你爱与不爱，在你真正意识到你们必将后会无期之后，你才会明白，有些话能说的时候没有说，而今想说的时候却再也找不到愿意倾听的那个人了。

记忆是很奇怪的东西，你已经不知道她在何方，甚至你都快忘记她的样子，但就是在某个突然午夜的梦醒时分，你发现，你还是会想念她。

幸运的是，在我们无数次转身之后，你一直拥有那么一个人，任凭岁月蹉跎，每次想起嘴角始终都会挂着微笑的人。在以后漫长无尽的生活里，你还会再遇见一些人，还会错过；你还会再次喜欢上别人，但无论怎样你都找不出可以完全代替她的人。

你说不出那个人到底哪里好，身边的人是不是真的没有她优秀，但就是没有人可以代替得了。因为她代表了你的整个青春年华，那是一生中仅有的一场青春。

穿过青春的荆棘，历经无数悲喜，如今望着那车水马龙的十字路口，心中早已不再恐慌，有的却是惆怅。东南西北四个方向，一转身，我们就朝着各自不同的方向走了，沿途欣赏着各自的风景，演绎着自己的故事，努力着自己的努力，一回头，却再也找不到出发点。说好的再见，却都明白，根本不可能再见了，或者，他日相见也只是物是人非吧。

一生中太多人与你相遇，只有这一次。她犹如一阵吹在你耳边的暖风，虽留恋不舍，却终究要离开。甚至在有关她的记忆还在你脑海萦绕的时候，你已经感觉到了离别的失落和惆怅。如今再穿过那个十字路口，不会再有人一把抓住你的手，提醒你小心看车。就那么一转身，她消失在命运的路口，也许，那是我此生永远都追赶不上的道路。但总有些事，是要自己做的，比如走好自己的人生路。

正如莎士比亚所说：“再好的东西都有失去的一天，再深的记忆也有淡忘的一天，再爱的人也有远走的一天，再美的梦也有苏醒的一天。”或许，我们本不必为此感到惆怅伤感，因为世间总有太多转身，再见，然后再也不见，终成陌路。但谁能告诉我们什么是该放弃的，什么又是该珍惜的呢？

一转身，年华不再，一转身，物是人非。每个人都还在自己的路上继续前行，也许在后来的日子里驻足回望，曾经相遇的地方，早已找不到彼此的痕迹。

或许那首歌依旧在唱，但那个人，却早已消失在人海。无论曾经多么不舍，留下来的终究只有残缺的记忆，然后在时间悄无声息的强大力量之下，听到记忆大片大片塌方的声音。

故事总会终结，无论以怎样方式。荼蘼开尽，记忆终会变得云淡风轻，我们不得不一次又一次地重复着那些单调的生活，没有好与坏之分，那只是我们每天都重复的生活而已。

或许，会有那么一天，我站在初春的风中，背对着你，再次喊起你的名字，当我再次转身的时候，亲爱的，你会不会如期而至？

（文/素锦）

爱过就好，何必苦苦挣扎

你和他分手了，用快要掉泪的文字和我在深夜聊天。我说：“没什么大不了的”。你说：“明天去学校一切都变了，我要一个人走路、一个人上自习、一个人生活。”我说：“我们不都在你身边吗？”

其实那一刻我知道你在心里会觉得我说得太轻巧。是的，或许“没有人真正可以对另一个人的伤痛感同身受”，没有人能把人与人之间的关系写得太透。所以，不要觉得你记录下来的悲戚话语，他看到的时候就能感觉到你含泪的模样。

我也知道，一个人放弃爱自己的人很容易，放弃一个自己很爱的人才是真的痛苦。你心痛，是因为你爱他。

每个人都会有一段刻骨铭心的爱情，只不过人与人之间表达爱的方式会有所不同。但是我们都要明白，有些人，注定是用来错过的，因为有段路相同，所以牵着手一起走一程，再后来有了不同的方向，最终还是要挥挥手，各自散了。

人生在世，很多东西是人本身无法得到的，一切都是缘来就聚、缘去就散。对于你来说，他就是你注定了无法得到的人。

你说你以后自己去上自习，冷了只能自己抱紧自己。你想起很多他说了一半的话，说好以后一起做的事都还没有做，很多很多的未完成……

68天短短的爱恋虽然不足以颠覆你以往所有的生活习惯，但是它们也会随着失恋一起消失，然后你会找到一种新的方式生活。爱是一种习惯，不爱也是一种习惯。爱，是一种感受；爱，也是一种体会；爱，还是一种经历。

你现在的感觉，就像他把你手中的暖手袋突然换成了冰袋。所以你现在的严寒感才会那么强烈，袋子里的冰冷得你的心直发疼。可是，我想告诉你，随着时间的流逝，慢慢地，你会发现你的手心适应了那个温度，疼痛感也会渐渐不再那么强烈。

两个人之间欺骗和背叛都不可怕，最可怕的是嫌弃。大抵在一起不久就分手的人都是因为嫌弃吧，放弃是觉得得不到自己想要的，原来在一起并没有期待的那么好。而嫌弃，是想放低姿态去哀求对方，想改变自己去适应他、挽回他，这是对从前的自己的嫌弃，否定自己，看低自己，这是最可怕的。

抛弃一个只爱自己的人就像把他推下悬崖，虽然不痛但是心中也会有所悸动。而他选择放弃你就足以证明他的自私，分手后的安慰与心不在焉的陪伴只不过是为了缓和一下他自己内心的羞愧。

感情与现实不同是因为，在现实世界里一个人被推下悬崖必死无疑，但在感情世界里一个人被推下悬崖是飞起来还是坠入深渊却由自己选择。如果你选择坠入深渊，那么往后的日子只有他知道你掉下了那个悬崖，只有他回来寻找你，你才会有见光之日。而你不会察觉到自己其实已经在着地的时候被摔得粉碎，他找到的你是任由他如何摆布的你。但是，如果你努力让自己飞起来，那你就会抵达更高的地方，然后你会遇到更优秀的人，拥有更美好的一切。

你要知道，你们的关系，在他说出“分手”这句话的时候就没有挽回的必要了。如果他只是随便说说，那么以后就还会有很多随便说说，而他的爱也是轻浮的。如果他已经经过深思熟虑，那就更不必试着挽回了。

现在的你，不用感谢他给了你那么多天的快乐，因为他狠心的离去所带来的伤心远远超过了他带给你的快乐；不用感谢他教会你怎么成长、怎么勇敢地面对现实、怎么爱自己和照顾自己，因为你现在仍然还在这么没出息地流泪与疼痛就说明他并没有教会你什么。等到哪天你挽着比他优秀、比他爱你的人在某个街头遇见他的时候；等哪天你完全放下他会用心去爱另一个人的时候；等哪天你可以很从容地站在他面前微微一笑的时候；到那时，再去感谢吧。

现在的你或许只知道时间是一剂毒药，68天的剂量就让你疼痛得如死般难受。但是你要知道，时间也是最好的解药。脑海中再浓的记忆，时间也会把它一点点加以稀释。

这段时间，可能有的时候你还是会因为某些东西而感到伤心难过，但是要记住，你一定能找个理由让自己快乐起来的。

（文/梵晨）

当初勇敢一点，遗憾会不会少一点

他是个很优秀的男孩，从初中到高中一直都是班里的尖子生。不知道是上帝的安排还是缘分的捉弄，她与他在初中相遇后，就一直在同一个班级学习，然而，他是个腼腆的男孩，从来不会主动找人说话，更不要说主动和女生聊天了。所以即使在同一个班那么久了，他们之间也很少交流。

世界上最痛苦的事不是生死的离别，而是我站在你面前，却不敢说我爱你。她自从初中认识了他，心中就萌发了对他的爱慕之情，然而这感觉却一直像宝藏一样深深地埋在她心里。平时，总会有许多女生围在他周围问作业问题，而她却从不去和他讨论，但每次老师在课堂上说起笑话时，他们都会不约而同地向对方望去，凝眸相遇了却又都害羞地避开了对方的目光。

那次在校运会上，有一些趣味游戏，要求每个班都要有同学参加，还必须是没有参加其他运动项目的同学，班主任就让他们这两个平时不主动参加活动的组成一组去参加了，尽管他们都害羞地有点儿不情愿。这次的趣味活动是两个人后背手挽在一起夹住一个篮球，需要两个人之间很默契，稍微不协调，就会夹不住球，甚至会有一个人被踩到脚。或许是因为害羞的缘故，在活动过程中，她踩到了他的脚，他扑倒在地，因为没有及时放手，把她也拽倒了，一个踉跄她扑倒在了他身上。

那么多人看着自己摔倒在他身上，她那张本就娇红可爱的脸顿时变得通红无比。她赶紧爬起来，逃出了同学们的笑声径直跑回了宿舍，用被子把自己的头蒙了起来。回想刚才的那一幕，虽然当时觉得很尴尬，但现在那种感觉真的很好，虽只有那么几秒钟，但却能感受到他身上那份厚实的温暖。要不是有那么多同学在，或许她还希望在他身上待得久一点儿呢！

第二天，班上同学就把他们的“丑闻”当作了课后的聊天话题，也有男生劝他去追她，说她长得还不错。曾有很多男生追过她，总是被她泼冷水。现在不知道这些男生是真的想支持他把她追到手，还是想再看他被泼冷水的笑话。

情人节那天，她的桌面上出现了一簇鲜艳欲滴的玫瑰花，上面没有留下任何纸条。她不知道是谁送的，就轻轻地把花放到了角落里。同学们都在猜测是谁送的：学校是封闭的啊，这花是怎么从外面送进来的啊？又没有同学请假出去，难道是其他班级的男生送的？这不仅让同学们不解，也让她猜不透。

看着教室黑板旁边的高考倒计时，她的心如刀割般疼痛，因为高三的生活既充满决战的硝烟味，同时也充斥着苦涩的分别的味道。她知道自己的成绩没他优秀，以后不会有机会和他在同一个大学，心里很不好过。

后来，她考上了湖南的一所普通师范学校，而他的成绩令家人不太满意，就要求他回去复读。高考后，他变得憔悴了，家里人有时也会看到他对着手机傻傻地发呆，还以为他因高考抑郁生病，要带他去医院。可他不愿意去检查，家人哪知道他是因为看不见她了而失落。

他复读了一年，报了她的学校，她并不知道。由于不是在同一个校区，他们也从没有相遇过。

在学校的70周年校庆晚会上，他看到了她，但是她身边多了一个身影，他克制自己颤抖的心，装得很友好地和她打了个招呼。

不久后，他再次遇见她，这次她自己一个人了，她说作为师姐，来看一下老同学。他对她的出现很惊讶，那晚他们在一起吃饭，但席间他们话说得很少。他总是低着头，她自己一个人也说不下去了，她回去之后就再也没有出现过。

毕业那年，捧着鲜红的毕业证书时，他心里想着要怎么向她表白。当他找到她时，一切都已经晚了。她已经订婚，他的心瞬间像是被雷击中了似的，碎了一地。

他走之后，第二天早上，她收到了他的信息。他说他一直都喜欢她，高中情人节的玫瑰花是他一大早偷偷地去校园里摘的；在补习期间，他也总是想到她；高考的志愿就只填了一个，就是她所在的学校……

她瞬间崩溃了，一直以来，她都以为他不喜欢自己。他来到学校，她和男朋友分手了，可是那晚吃饭后，她觉得是自己太自作多情了，他连话都不肯跟他说，怎么会喜欢自己呢？

如果，当初不那么懦弱，勇敢地告诉她我喜欢你，他们会不会在一起？

如果，当初他放下固执的尊严，告诉她我爱你，会不会她的手就不会被别人牵起？

（文/翰墨情缘）

心为琉璃，为你皈依

可以循着千年的足迹，寻见你的一抹飘逸吗？遗落了千年的悠歌，遗失了几个世纪，萋萋蒹葭，寒梅沥雪。我在红尘的最深处等你，一年一季，一生一世，泪如琥珀，心如琉璃。已然分不清几生几世，繁华陨灭，流年更迭，小径的草绿了又黄、黄了又绿，风润了又枯、枯了又润，终无法等到一指的触摸，泪如雨，洒落，一片苍茫。

心戚戚，月影晃晃，世事婆娑。记得我曾说过：我宁愿从没有遇见，那样便省略了后来的太多疼痛煎熬；我宁愿从来没有相知，那样便不会生出丝毫倾慕；我宁愿从来不相念，那样就再不会有这么多思苦；我宁愿从没有倾心于你；我宁愿从未对你有丝毫倾情……

红尘恍恍，突然迷失了自己，心，好疼好疼。坚强只不过是糖衣裹着的外表，那样脆弱得不堪一击。任由眼泪滑落，心涩了，好涩好涩，千年的光阴，千年的离落，终究还是要在红尘中遇见。遇见也好，但却从不曾陌路，相欢甚许，那一日，便注定了一生的命定，从此红尘中再也无法与你撇得一干二净。

我说过：我宁愿只是一株小草，人世间只需要一个寂静的角落，观望流年，沐春风和煦，听雨花淋漓，嗅化蝶迷恋，知万世之葱茏，即便没有绚烂的绽放又如何，我不要太多生疼，我不要太多刻骨铭心的思痛，我不想一次次被刺痛，我不想从来都拉不到你的手，眼睁睁地在红尘中永世地站成两岸。

花有春风重沐时，树有微风抚青时，而你与我呢，纠葛不掉的情感或许只是一瞬息，便铭刻进生命的灵魂。多少欢颜，突然间变得好苍白、好空洞，默默无语，只有泪珠滑落，再多言语终也刷不掉心中的疼痛与凄苦。

岁月悠悠，如泣如诉，岁月再好，怎抹去心中的凄凉，生命再长，怎眷顾一场绝世之恋。茫茫无言，此刻万语千言缄无诉，心笔开始好无力，开始潦草的章节，没有了内容。疼，徐徐侵浸，很多时候，我不想言说，因为不想将过多的痛苦强加于你，因为生命里的爱情都太过脆弱，总怕灼伤你无瑕的心灵。或许，美好总是与疼痛并行吧。

记得你曾说过：一生为一爱，一生只一人。再多的言语，怎抵得上安放在心灵最深处的珍贵。我由此感动，茫茫红尘，终难遇到那一人，遇见便倾城。柔情万许，谁知意，心澜涓涓，谁抚暖，红尘不过一场荒凉意。终究是独自的心城，落寞中或许早已习惯了一个人，坐看流云，倾听风月。然，那一日，你来了，来得那样让人始料未及，来得那样让人防不胜防，惊扰我慌张的表情，我无邪的天真开始盛满柔柔的情意，原本安静的一切，焕然美奂，原来岑寂的一切，因你而姿彩生色。

生命里最美丽的结伴，当是灵魂的同行吧。然，却想不到如此艰难，岁月迷离，恍惚间，悲喜交加，失神，慌乱。词阕成堆，也难表意，心疼的时候，竟一句话也说不出来，痛，锥心到骨子里，开始麻木，开始恍然，任记忆凌乱地一幕一幕重现，再无法收拾好忧伤凄零的表情。

但愿你是看不到的，那样，你便可以多得几分安然。如果，一生与你有扯不断的关联，我又岂会舍得你难过、心痛。如果泪水可以化解一切悲痛，那么，我愿意一个人承载这一切。这样的人世，不过就这么一朝，暮至晨归，我愿意在时光的针毡上打坐，为你虔诚祈福，为你静心梵诵，为你，我愿意修炼一场爱情的皈依。

无论百年，无论千年，一生一遇，便是千年，一生一爱，便已生疼，一生一情，便已刻骨。就如我总告诉自己要坚强，然，终究还是泪雨滂沱，模糊了视线，恍惚着影像。

我想你是爱我的，或者这已经足够，就算流一生的眼泪又有何妨，就算在尘世中苦苦等待一世又能怎样。疼，或许总有一天会度化为一缕深沉的浅笑，深深地烙在彼此的命格，那样，我们就可以牵手到老，不再生任何疼痛，不再在人世的慌乱与鞭策中，经受这么多凌乱与心涩。

岁月如歌，我不愿倾听太多喧嚣，许一枚时光，而你便在时光之中，哪怕坐落在对岸也好，那么，我便可以安然守心，温一世柔情，暖一生关爱，眷卧你的怀中，静静陪同，随时光一起慢慢老去。

（文/烟染眉）

做短暂的情人，不如做长久的朋友

在我们相识十多年之后的那个风雨之夜，我懵懵懂懂地跑出了你的家门。当我推出摩托车，准备戴上头盔的那一瞬间，仰头看到你打开窗子迎风而立的身影。你伸出窗外缓慢而无力摆动的手臂，不知是作别还是召唤。我骑上摩托车一头钻进雨雾茫茫的深夜，再无心戴头盔、披雨具，我因此大病一场。

我们的相识不是偶然，也没有一点儿戏剧性。在这个古老的城市，我们有同样的爱好和追求。十年前的我们，除了比现在年轻，还好像比现在轻松许多、浪漫许多。那时，我们都怀揣着骚动的诗心，常常邂逅于文学期刊和报纸的副刊里。后来，我们很自然地相识。我握住你伸过来的手时，似乎有一种相识的感觉。你也说："我们应该是老朋友了。"

也许每个人的心原上都有一处绝妙的胜境，有的深幽宁静、人迹罕至，有的风光旖旎、热闹非凡。

见到你之后，我似乎在风尘弥漫的人生征程上发现一处景色宜人、清波荡漾的湖泊。每次相见，彼此的话语都如同不留底稿的诗文；每次聚会，彼此的眼底心底都充满真真切切的欣悦。通过名著、通过诗笺、通过艺术的桥梁架设着我们心灵的彩虹，我们的交往日渐频繁起来，话题也变得无拘无束起来。

终于有一天，你从历历长梦走进我苔色依稀的心坎。我对你的感觉猛然间发生了质变，在一次酒后，我鼓足勇气对你说："我怎么就忘不了你呢？难道这就是爱吗？"

"恐怕不是，"你看着我的眼睛异常平静地说，"只是喜欢、很喜欢……"顿了顿，你又说，"爱其实很庸俗，你千万别爱我，我也不爱你。我们就这样，不是很好吗？”

我被你说得一头雾水。后来就理解为，我们都已是有家有业的人了，何必再把这清净自然的友情搅混呢？于是，我暗暗打消了一切“不安分”的想法，像对待亲姐妹一样对待你。说来也怪，我这么一想，就真的进入了状态，真的从内心深处把你当成了“亲人”，友情一下子升华为亲情。

之后的交往中，我变得更随意了。你也一如既往地对待我。可是，一次，你忽然问我：“我哪里惹你不高兴了吗？我怎么老觉着你对我和从前不一样了呢？”

“没有啊，”我被你问得一愣一愣的，然后又有些感悟地解释说，“只是比从前更亲近了……”

“不对，”你打断我的话说，“女人的心是异常敏感的，我从你跟我说话的语气、从你看我的眼神里能感觉到正在发生的变化。”

“什么变化？”我一边说，一边笑了起来。

“我也说不清什么变化，反正和从前不一样了。”你特别认真地说。

转眼我们就结识了十多年。

这是一个初秋的下午，我来到你暂时独居的楼上。吃喝完毕之后，打开电视，正在播放歌剧《罗密欧与朱丽叶》。我们彼此沉浸在经典的剧情里，直到剧终。当我起身准备告别时，你一字一句地说：“外面早就下雨了，风也不小。”

“我带着雨具，风雨无阻嘛。”我有些顽皮地说。

“你可以不走吗？”你走到我跟前柔声细语地问我，然后不等我回答又接着说，“人不留客天留客，你就在这里住一宿吧，嗯？”

“天哪里有用这点儿雨留客的？”我走过去拉开推拉窗，把手伸出窗外。

“天不留客人留客，你就留下陪我一晚吧。”你一边说着，一边推上了窗子。

正在这时，我的手机响了。

我的心绪一下烦乱起来，我口无遮拦地对你说：“这十多年来，我们单独在一起的时间还少吗？说真的，原来我对你常常想入非非，只是后来，我一下把你当亲姐姐待了，而这一切的起因则是你的那番话……不知是我们的不幸还是万幸。”

在我们相识十多年之后的那个风雨之夜，我懵懵懂懂地跑出了你的家门。

（文/纪广洋）

你不懂我，我不怪你

也许一个人走了太久，也许孤独了太久，也许看惯了分离，也许习惯了荒凉。这转角的灯火依旧那么冷清，不言不语，不卑不屈，照亮着需要照亮的角落，偶尔行过三两步履匆匆的过客，只是谁也没有抬起头凝望过这街角的温暖，于是灯火只好把全部的光和热给了黑夜，后来灯火总是陪伴着黑暗。

岁月总是太过匆忙，置身于陌陌红尘中，浅薄的衣衫已不知蒙上了几多风霜，每一天都有别离，每一天都有相逢。茫茫人海，常常会有许多陌路擦肩，一个转身，也许就是一生，一句再见，也许就是再也不见。所以，我不会停在原地，也不会傻傻等待。所以，你转身，你离去，我不怪你，也不念你。

浮光俗世，繁花似锦，醉生梦死。往事已不知几度轮回，岁月没有告诉我们今夕何夕，而我一如初见，拥有淡淡的心绪，不是浮世将我遗忘，不是无私岁月把我照顾，而是看惯了悲欢离合，我早已学会释然。如果留念只能痛苦，我又何必对昨天的过往纠缠不休。一壶香茗，一卷书，一剪月光，一清凉，在平静的日子里，我真的安然无恙。

品过清欢，踏过浮华。世上找不到那么多生死相依，也没有那么多理所应当，一场悲凉黯然神伤的永远只有自己。以前觉得，一切都该当珍惜，总是觉得，缘分都来之不易，任何错过和错误都不值得原谅。即是如此，一路行来，还是与许多缘分擦肩，所拥有的，还是在一点一点失去。留不住的只是刹那芳华，认为的，执着的，连自己也是错的，未能参悟。所以，我总不会怪自己，你不懂我，我亦不怪你。

你总说我不善言谈，其实你不知道，我只是习惯了冷清，忘记了表达。你看我笑靥如花，却不知，我心上，早已泪如雨下。

你总说我淡然，其实你不知道，我只是假装让往事如烟。自从来到这烟火人间，我就深深地知道，月缺多于月圆，人生没有永远。

你总说我自私，守着自己的世界，格格不入；其实你不知道，我只是害怕受伤。不遇，便可不念；不念，便可不殇。

你总说我不懂爱，其实你不知道，我只是不想万劫不复，而我恰恰太容易给爱了。爱容易，相忘难，覆水难收。

每每读余秋雨的《你不懂我，我不怪你》，总是能在喧嚣苦闷的尘世里寻找到清凉的慰藉：每个人都有一个死角，自己走不出来，别人也闯不进去，我们习惯把最深沉的秘密放在那里，你不懂我，我不怪你。每个人都有一道伤口，或深或浅，盖上布，以为不存在，我把最殷红的鲜血涂在那里。你不懂我，我不怪你……

流光总是把人抛，为生活、为事业、为感情，我们行得总是太匆匆，相遇得太突兀，相处得太短暂，分离得也太快。是时光行得太快，没有等我们，没有给人喘息和慢慢了解的机会，所以，你不懂我，我不怪你，我们只是输给了时间。

岁月无情，青春年华随流水逝去，这花团锦簇的装饰，掩饰不了枯枝脊空的本质。你看看我红颜粉黛，却遮不住眼角的沧桑，那些年少的轻狂再也冲动不起来，我们学会了小心翼翼，思量再三。所以，我们不会轻易尝试，不会轻易付出。所以，你不懂我，我不怪你，我们只是输给了岁月。

世上最伤人一句话是：我们回不去了；最可怕的一句话是：习惯了。走了太久，孤独了太久，习惯了一个人上路，习惯了把最炙热的情感锁在无人可以窥视的角落，习惯了自己的伤口自己舔，习惯了自己的心酸自己尝，习惯了黑夜的冷清……习惯了，所以觉得理所当然，习惯了，所以心安理得。所以，你不懂我，我不怪你，我们只是输给了习惯。

也许，岁月太会把人戏。

也许，是我太故作坚强。

也许，你眼中的我，太独立。

也许我太会隐藏自己的悲伤。

也许我太会隐藏自己的伤痕。

也许，你也只是习惯了依赖。

所以，你从不考虑我的感受。

所以，你可以随意将我伤害……

于是，我常常凝眸浅笑，静默不语。

（文/兰柯一梦）

桃花谢了，我在四月等你

都说最美人间四月天，而此刻的桃花，早已开到荼蘼。

四月，美在清明，美在谷雨，美在花开花落；美在春耕的身影，美在田野有了迷人的颜色……

对于季节，每个人的喜好都有所不同，有人喜欢春天，因为春天开满鲜花，充满活力；有人喜欢秋天，因为可以在秋天的落叶上写思念的诗。每个喜欢的背后，都有一个故事，而四月，在我心里，有一道深的划痕和无数次的心悸。

我的眼里，四月是美的，是温婉的，也是薄凉的。喜欢四月，也许缘于林徽因的诗，林徽因和她文字里的爱情，都是纯净的。她笔下的爱，大都是无期的思念与守候，然蚀骨的思念，最终煎熬成相聚的喜悦……

记忆里的四月，一直很美，美得忍不住回眸，回眸那一次眼神，聆听那一次心与心撞击的声音。

虽然故事已经悄悄苍绿，但在时光的阡陌上，那帘温润的眼眸，依旧是花蕊间一滴玲珑的露。

人生若只如初见，何事秋风悲画扇。

我的四月，美在当初的遇见。

此刻，依然在路口守望，只是为了等待一个曾经相拥的身影，慰藉孤单的灵魂。

即便你只是误入宋朝的女子，我只是浪荡江湖的剑客。

总是相信，相见不会无期……

很少早睡，昨晚只是其中的一次，因为习惯，早早上了床也是难以入眠的。百无聊赖，只好打开电脑，《非诚勿扰》是我这两年看的唯一电视节目，喜欢乐嘉老师的诙谐、睿智与从容，喜欢他对爱情与人生的解读。虽然最近两期没有看到乐老师，然而由于钟爱，依然没有减少对《非诚勿扰》的热情。就如人的相遇，只是眼神相交的那一瞬，便注定了今生相互的纠缠与折磨。

“炊烟起了，我在门口等你；夕阳下了，我在山边等你；叶子黄了，我在树下等你；月儿弯了，我在十五等你；细雨来了，我在伞下等你；生命累了，我在天堂等你；我们老了，我在来生等你。”

一位男嘉宾在失败退场的时候，一位痴情女生正是用这句诗向他表达了自己的爱慕。我很感动于女孩追求爱情的勇气，然而，可惜她爱慕的人不是我……

当这诗句再次触动我的时候，我很想给远方的她打个电话，就说一句：“桃花谢了，我在四月等你。”就这仅有的一句，就已足够。

林徽因说：你是一树一树的花开/是燕，在梁间呢喃/你是爱，是暖，是希望/你是人间的四月天……

爱情，在她笔下，如同鲜花般盛开，如同莺啼般婉转，如同暖风般和煦，如同情歌般动人，寥寥数笔，写尽四月的万种风情，给人带来无限遐想。

然而，这个四月，对于我来说，却是薄凉的。那个曾经的契约，远在海角天涯。冥冥中有些事物，如恒河沙数，今生只有一遍。

也许生命只有一次的缘分，恰好我们都经过了宋朝那个不知名的小镇，都投宿在那个古旧的客栈里，然后偶然地遇上。

当初凭的只是感觉，感觉这间红尘客栈，就是此生停靠的起点。

无数次夕颜落枕，然而只如昙花一现。

极其罕见，今年的四月，还在飘雪。

前天她打来电话说又下雪了，好大好大的雪。我知道她很喜欢雪，然而，我已经不爱了，因为下雪了天会冷，玩雪的人，不注意就会感冒，生病了，只会让对方更牵挂。

因而，我再也不敢有相拥着去聆听落雪声音的念头。

期待着守候，很幸福，也很折磨人，裂帛的声音，也是折磨人的，如在时光里轻轻把心捣碎。碎了的心，缝补了再粘贴，不知还是不是当初的我。

无论如何，不想荒芜了这一季的晨光。

然而我知道，这个四月，我等不到你的温柔。

四月里，只能把心停留在初遇的路口。

把心安放在淡淡的宣纸上。

在往后悠长的光阴里，凝眸成寂寞的诗句。

在往后孤单的日子里，像观看一部古老的影片。

依旧黑白分明，依旧情节如初。

（文/月泊枫桥）

爱如烟花，只开一瞬

会不会有一条路从来没有终点，任你百转千回、千山万水，最后不过也只是个朝圣路上的行者？

会不会有一种情感从来没有尽头，任你柔情似水、拈花一笑，最后不过也只是个紫陌红尘中的过客？

那么现在的我们，又要以何种方式来让这段绿茵滋长的人生完美如初……

我常常想，人生的路需要拥有多大的勇气才能从始走到终，又需要倾注多少情才能让冷变成暖？为何，有的时候走到一半总想停下来，是自己太过懦弱还是这条名为人生的路真的太长太远，让我迷离了双眼。人都说幸福很简单，一杯清茶、一缕阳光，或者是一个拥抱、一声问候。可是于我而言，它却总是生生触碰不到的久远，恍如隔世的不安。

很喜欢一句话：生活中总有一米阳光，充满不安，却总让人觉得温暖。我一直在寻找一种让自己心安的方式，我沉迷在一段云水禅心的文字里，将背上无比沉重的行囊一点点卸下。我痴恋上一曲清新淡然的音乐中，将心中千丝万缕的情愫一点点淡忘。然而，我更想有一天，我不再有牵挂也不再有留恋地行走于山水花鸟之间。那时候，我可不可以真的做到，宠辱不惊淡看天边云卷云舒，安之若素笑叹海上潮起潮落。

曾经不止一次被别人告知这只是个梦，一个诗酒年华的黄粱美梦，一个逃避现实的痴心妄想。可是，就算只是美梦，能不能让我不要从梦中惊醒，然后一再提醒我生活从来不是做梦。就算只是逃避，能不能让我暂时躲避在不食人间烟火的象牙塔中，偶尔做一次会破碎的梦，偶尔流几滴会收起的眼泪。原谅一直以来我的不坚强和我无法藏匿的忧伤。

“一辈子”只有三个字，却是万丈红尘的距离，“我爱你”只有三个字，却是青丝白发的承诺。我们这一生，到底要走多远的路，才能看透人生冷暖。红颜易逝，到底要经历多少情感，才能体会到生死契阔，与子成说。

世界有时太大，大得无数次的邂逅也换不来你等待的那个人的一次回眸；世界有时也很小，小得一转身就遇到一个误你青春的人。所以，我们常常因为那个不该出现的人而不再相信让你一直等待的那个人会真的出现。这是不是也算一种悲哀？是什么让我们一直错乱迷失在爱与恨的边缘，又是什么让我们总是忆着曾扮演过一段老故事的小配角却忘记去演绎另一个新故事的女主角。

时光终于走到了尽头，你我的故事也落下了帷幕。湖畔烟柳，青砖黛瓦，青石古巷，那个曾走过的路口，写满一段叫作美丽的回忆。我在想，我们还会相遇吗？

有多少人从深深相爱到陌路不语，有多少人从无话不说到无言以对？很想在爱情卷页中加上“永恒”两个字，到最后才发现它多么像一场绚烂闪烁的烟火，点缀了你的生命，连结局都是那么扑朔迷离。那些一起走过却在半路分道而别的人不过只是彼此生活中可有可无的烟火，所以才会那么容易破碎。而那些一辈子相知相守的人，却将这场烟火之恋演绎到极致，然后回归平淡流年十指相扣，即使岁月刻满容颜也会记得似水年华中的如花美眷，即使曾经沧海难为水也会记得人生若只如初见的美好。

是否每个人心中都有一段山水爱情？那里的天空湛蓝如洗，承载着无法言说的从容淡定；那里的河水清澈见底，流淌着美妙绝伦的深情爱意……

我们是一群被岁月烟火呛到哑口无言的孩子。太多的情深缘浅让我们想逃避，太多的纷杂繁华让我们想忘记。生如夏花，死若静秋，多想在寂寥的天地里，为自己盖一座城。不是我走不出来，而是我根本不想走出来。因为我不知道下一个出口在哪里，我怕我一不小心又会走错路，错失在谁的流年里。我宁愿这样停在原地，以静静的姿态活着。不要说我孤寂，其实我的内心一直暖如温阳；不要怪我冷漠，其实我的温柔从来不知对谁演绎。

你以为我真的不会千娇百媚吗，原谅在你面前我无法柔情似水，因为你要的承诺我不愿给。你以为我真的总是冷若冰霜吗，原谅在你面前我只能淡漠如水，因为我要的爱情你给不了。从此，我只想自顾自怜，独坐岁月静好的窗台，品一盏清茶，听一段天音，写一卷美文。唯愿像她一样，将茶喝到无味、书读到无字，但却再也学不会怎样将一个人爱到无心。

我不是陌上花开，无法醉了红颜。我不是梦中伊人，无法迷了落花。那么，请允许我只如粗布俗衣，品尽山水云间；只如秋水无心，看透人生百态。前世，我是你朝朝暮暮心底间的一颗朱砂痣；今生，我化作温婉女子为你策马而来，为你画地为牢，为你封心锁爱。这一生，注定我要受尽半世流离的苦、熬完红烛残伤的泪、演尽万种柔情的美。这个季节的山河盛世，应该沉静无言。秋荷还在，只是落尽芳华。美好如初，只是恍如隔世。以最从容的姿态，安之若素，将万千繁华赏尽，携一抹风轻云淡，笑看流年。

（文/夏浅兮）

读者反馈卡

尊敬的读者：

十分感谢您购买本书以及对本公司的大力支持。为能继续提供更符合您要求的优质图书，烦请您抽出点滴时间填写以下调查表并寄回，您的建议与意见将是我们不断前进的动力。我们会定期从有效回执中抽取幸运读者，寄送公司最新出版图书或其他精美礼品。

北京兴盛乐书刊发行有限责任公司

通讯地址：北京市朝阳区小营路 10 号阳明广场南楼 14A
邮政编码：100101
读者 QQ 群：292306095（兴盛乐书友会）
电子邮件：xslzbs@163.com
公司微博：@兴盛乐文化
公司网址：www.xslbook.net

1. 您了解本书是通过：
   □书店 □网络 □报刊宣传 □朋友推荐
2. 您购得本书的渠道是：
   □新华书店 □网上书城 □民营书店 □超市 □报刊亭
   □其他______
3. 您决定购买本书是因为：
   □书名吸引 □内容吸引 □喜欢作者 □偶然购买
   □朋友推荐 □其他______

4. 您觉得本书的优点有：

□文笔好　□内容好　□封面漂亮　□排版舒服　□价格合理

□手感好　□其他______

5. 您会向他人推荐或者谈论这本书吗？

□会　□不会　□偶尔会　□看看再决定　□其他______

6. 了解本书之后，您会关注或购买公司其他图书吗？

□会　□不会　□偶尔会　□看看再决定　□其他______

7. 您决定购买一本书的因素包括：

□内容　□封面　□书名　□朋友推荐　□媒体推荐　□作者

□其他______

8. 您比较喜欢的阅读类型有：

□人文历史类　□财经类　□管理类　□励志类　□小说类

□纪实文学类　□传记类　□散文、随笔类　□女性、生活类

□亲子、育儿类　□科普类　□其他______

9. 您觉得本书有何不足之处，您有何修改意见或建议？

____

____

10. 有没有您想读但市面上却没有的书？

____

____

您的姓名________**性别**________**年龄**________**职业**________

邮政地址______________________________

邮政编码________**手机**______________________________

E-MAIL______________________________

QQ________________**微博**______________________________

图书在版编目(CIP)数据

要有多坚强，才敢念念不忘 / 闫丹丹主编. —北京：民主与建设出版社，2014.7

ISBN 978-7-5139-0380-6

Ⅰ. ①要… Ⅱ. ①闫… Ⅲ. ①散文集-中国-当代 Ⅳ. ①I267

中国版本图书馆 CIP 数据核字(2014)第 139170 号

责任编辑	李保华
封面设计	飞　鸟
内文排版	刘　伟
出版发行	民主与建设出版社
电　　话	(010)59417745　59419770
社　　址	北京市朝阳区曙光西里甲 6 号院时间国际大厦 H 座北楼 306室
邮　　编	100028
印　　刷	廊坊市华北石油华星印务有限公司
成品尺寸	150mm×210mm
印　　张	9
字　　数	160 千字
版　　次	2014 年 9 月第 1 版　2014 年 9 月第 1 次印刷
书　　号	ISBN 978-7-5139-0380-6
定　　价	29.80 元
